故事会
精品系列

励志故事

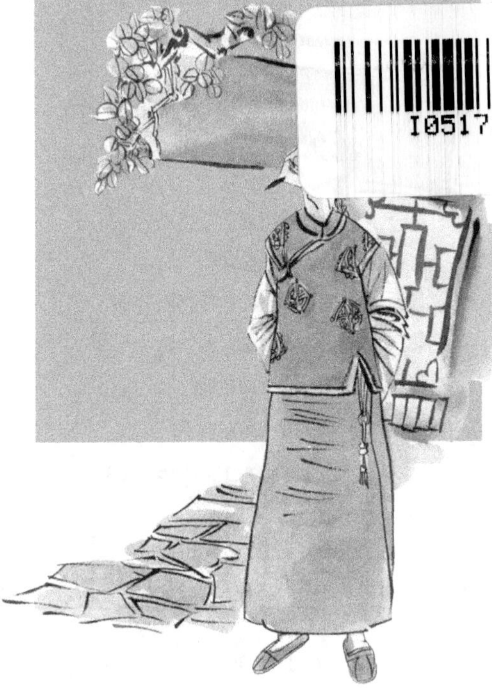

上海锦绣文章出版社
上海故事会文化传媒有限公司

上海文艺出版（集团）有限公司

图书在版编目（CIP）数据

励志故事 《故事会》编辑部编 – 上海：上海锦绣文章出版社
（故事会精品系列） ISBN 978-7-5452-0846-7

Ⅰ．①励…Ⅱ．①故…Ⅲ．①故事 作品集 中国 当代 Ⅳ．I247.8

中国版本图书馆 CIP 数据核字 (2011) 第 023457 号

丛 书 名：故事会精品系列

书 名：励志故事

主 编：何承伟

编 委：何承伟 吴 伦 姚自豪 夏一鸣

责任编辑：刘迎曦 鲍 放

装帧设计：王 伟

责任督印：张 凯

出 版： 上海锦绣文章出版社

上海故事会文化传媒有限公司

POD 海外发行： 中国图书进出口上海公司

电话：021-36357888

传真：021-36357896

地址：上海市虹口区广中路 88 号

邮编：200083

海外 POD 发行版本

 上海故事会文化传媒有限公司 出品 (00246) www.storychina.cn

STORIES

目　录

尊严如山

坚守不渝

足 " 志 " 多谋

要成事,必先立愿。而实现宏愿,要有勇,也需有谋,最后事半功倍自然也就水到渠成了。

争 气

　　有个姑娘,在大街上披麻戴孝,要卖身葬父,老爷看不下去,便把她买下做姨太太。

　　老爷一生从没做过拈花惹草的事,在家里也向来是听太太的,现在突然要把姑娘带回家,所以见了太太就有点讪讪的。

　　太太吩咐把姑娘叫进来,家里上上下下都等着看一场好戏,可出人意料的是,太太没有发怒。

　　太太让那姑娘坐下,把她仔仔细细地看了一回,又平心静气地问了几句,随后才扬起眉毛说:"国有国法,家有家规,咱们立下一个字据,你们可依?"

　　这时候,老爷的两条腿已经开始哆嗦。

　　那姑娘却并不抬眼,只轻轻说了一句:"任凭太太吩咐。"

于是太太便说:"我是老爷用喇叭、号筒明媒正娶、八抬大轿打正门抬进来的结发妻,所以,你在这个家里永远都只能是个姨太太,活着从偏门进来,死了也不能从正门出去。"

老爷和姑娘一边听着,一边就连连点头。老爷当下还请来族长立下文书,签字画押。

随后,太太留族长吃饭。

开席时,太太说:"姨太太就是妾,'妾'字拆开,不就是个站着的女人吗?"

就太太这句话,姑娘从此在这个家里吃饭就永远上不了桌。

姑娘就这样成了姨太太,被太太安排在了西跨院住下。

姨太太使老爷变得年轻,但老爷怕冷落了太太,所以平时有事没事总也到太太那里去转转。可太太不买他的情面,冷冷地对他说:"你不必上我这里来虚应,我也不会点你的卯。不过你岁数大了,平时注意点自己身体,别把命搭上了。"

后来,这姨太太也争气,替老爷生了个儿子。可是少爷一落地,就被抱到了太太房里,太太虽然自己有儿子,可她说少爷是老爷家的香火,得由她亲自来管教;到了少爷读书的时候,太太又吩咐老爷亲自过问。

太太把少爷管得很紧,可少爷就是老爱往姨太太房里跑,也难怪,毕竟是自己亲娘嘛。

一晃,少爷十二岁了。

这天,少爷起早,见太太还没醒,就悄悄来到姨太太房里,他见姨太太刚起床,老爷还倚在床头"呼噜呼噜"地吸水烟,也没谁吩咐,居然就把他们的锡夜壶端了出去。

偏巧,这时候就遇上了紧跟过来的太太,太太的脸色立刻就变了。

吃早饭的时候,太太让少爷直挺挺地跪在地上,问:"知错了吗?"

少爷垂下头去，说："知错了。"

太太又看了姨太太一眼，说："勺子大不过盆，井口大不过天，饿一天吧，长长记性。"

就这样，姨太太饿了一天。

老爷偷儿一样地省下自己的点心，送到西跨院去，可任由老爷怎么劝，姨太太就是不吃。老爷心里爱怜姨太太，也着实敬佩这个女人的硬性。

按说这事儿过去也就过去了，可从此少爷到姨太太房里反而来得更勤了，老爷也用自己一生的才华和精力，滋养着这棵苗苗。

少爷十八岁那年，老爷染风寒一病不起，临终前，他按着姨太太的意思，只给她留了这个西跨院和院后山坡上那几十亩竹林，其余的都给了太太。

老爷喊过少爷，嘱咐说："你要用心读书，好生做人，记住我教你写竹子的那副对联：未出土而有节，乃凌云仍虚心。你要好自为之，给爹娘争气。"

老爷走了之后，太太大概因为办丧事的缘故，加上这时年纪也大了，连劳累加忧郁，终于也一病不起，没能熬过这个年。

临走的时候，太太也留下一句话：无论少爷将来做多大的官，也不能让他娘骑到我的头上。她差人把族长叫来，逼着姨太太指天发誓，如果不信守诺言，天打五雷轰。

姨太太苦熬岁月，终于把少爷培养成人。这一年，少爷中了进士，在吏部任职，要把姨太太接去京城享福，可姨太太怎么也不肯，说是逢年过节要给这里去世的人烧纸钱。

再后来，姨太太得了病，也要走了，少爷从千里之外赶回来。

弥留之际，姨太太只对少爷说了两个字："争气！"她拉着少爷的手，指甲在少爷的胳膊上掐了一个深深的印痕。

大少爷担心做了官的少爷办丧事出格，便把族长叫了来。

少爷却对他们说："孔圣人的书我读了不少,老爷的话我永记在心,未出土而有节,乃凌云仍虚心。我娘当初既然答应了太太,我就一切都照太太的意思办。"

大少爷知道少爷的为人,一听少爷这么说,就放下心来,也就懒得再过问姨太太的丧事,任由少爷自己操办。

可到了出殡那天,大少爷怎么也没想到,他看到的竟是一场空前壮观的丧礼:一夜之间,只见一道宽阔的竹桥凌空跨越他家正门,姨太太的寿棺过竹桥的时候,鞭炮声震耳欲聋。

"娘啊——"少爷惊天动地一声喊,围观者无不唏嘘。

大少爷和族长惊得目瞪口呆,可只能打掉牙齿往肚里咽,谁也说不出少爷什么。

于是就有人说:"什么叫争气?这就叫争气。你不叫从正门过,人家就从天上过,从你头上过。"

(王洪震)

(题图:黄全昌)

良心债

方老板在老街上开了一家饭店,因为市口好,所以每天顾客盈门,生意忙都忙不过来。

这天傍晚,一个穿着杏黄色 T 恤背心和牛仔短裤的男孩子走进饭店,找到方老板,要求在饭店打工,他说他叫杨小青,因为学校放暑假,想出来打工给自己挣下学期的学费。

方老板看杨小青挺机灵,想想眼下店里人手正紧,就同意了,讲好杨小青每天下午四点到夜里十点来店里帮忙,报酬按市场价算。

方老板让杨小青干的是端盘送菜、洗刷碗筷的杂活,杨小青腿勤嘴甜,"先生"、"小姐"地连声叫,楼上楼下忙不停。方老板见顾客们对杨小青挺满意,于是就放了心。

那天晚上,杨小青正干得起劲,领班让他把二楼4号情侣间点的两个海鲜送去。杨小青端菜上楼,掀开门帘,见里面一男一女正在亲嘴,男的大款模样,女的眉目妖冶,他不免有些尴尬,把托盘里的一个"油焖大虾"和一个"清蒸鳜鱼"往桌上一放,招呼说:"叔叔阿姨请慢用。"然后转身就要退出去。

正在亲嘴的一男一女听见声音慌忙抬起头来,那男的突然就叫起来:"小青,你……"

杨小青回头一看,不禁怔住了:那人竟然是刚和妈妈离了婚的爸爸。

"杨大款"立刻"呼"地站起身来,一脸疑惑道:"小青,你在这里打工?"

杨小青低下头说:"我想给自己挣下学期的学费……"

杨大款一听,拿过自己皮包,"哗"拉开拉链,掏出一沓钞票,递给杨小青:"拿着,这些钱足够你交学费了。赶紧回去,这上楼下楼、送菜送饭的,烫了手咋办? 这是大人干的活。"

杨大款说完,又把方老板叫来:"方老板,这是我儿子,你马上辞了他。我儿子给别人打工,这不是丢我的面子吗?"

方老板一听愣住了,怎么也没想到自己雇的竟会是大款的儿子。但这当儿,杨小青却把杨大款刚才塞给他的钱往餐桌上一扔,跑下了楼。方老板一看,赶紧一路追下去,让管财务的去拿工钱来给杨小青,叫他赶快离开。

可杨小青不愿意,求方老板说:"方叔叔,求你留下我吧,我不要爸爸的钱,我爸爸承包建筑工程发了财,就甩了我妈妈,我妈妈工厂效益差,每月只发三百块生活费,我要自食其力,为妈妈分忧。"

看着眼前这个懂事的男孩,方老板被感动了,他想了想,便答应让杨小青再干十天。

十天后,方老板拿出一叠钞票塞到杨小青手里,对他说:"孩子,你在我这儿干了将近一个月了,工资我给你翻倍,再凑个整数,这点钱,总够你交学费了吧?"

杨小青接过钱,对方老板连声说"谢"。可他还不肯走,缠着方老板说:"方叔叔,你再留我干些日子吧,我还想买一台'小霸王'中英文打字机。现在是电子计算机时代,不学一点新的知识,就等于是文盲。方叔叔,求你留下我吧,我会好好干的,我会让客人们不但吃得满意,而且吃了还想再来。"

说实话,方老板打心眼里欣赏这样的孩子,他很想帮杨小青去实现心里的计划,于是就又留下了他。杨小青一看方老板点头,兴奋极了,分外卖力地在店堂里楼上楼下地帮着张罗。

就在这时,一个穿戴时髦的中年女人,挽着一个中年男子的胳膊走进饭店,在靠窗的车厢座里坐了下来。杨小青正好托着菜盘走过,女人看见他,立刻惊叫起来:"小青,你怎么在这儿?"

杨小青扭头一看,竟像老鼠见了猫似的拔腿就走,不料正巧撞上一位送菜小姐的胳膊,只听"哐当"一声,他手里的托盘一歪,托盘里一盆热气腾腾的"芙蓉菜花"撒了一地。

女人立刻从车厢座里跳出来,急着看杨小青的脚有没有烫伤,随即扯着喉咙就喊:"你们老板是谁? 老板人呢?"

方老板听到喊声连忙奔过来,给女人打招呼:"太太,我是老板,对不起,让您受惊了。"

女人瞪着方老板说:"这孩子是你雇的?"

方老板点点头。

女人立刻咄咄逼人地喝问道:"你在犯法,你知道吗?"

方老板愣住了:"我……我犯了什么法?"

女人指指杨小青,又指指地上打翻了的菜盘,说:"他还是个十五六岁的孩子,你这是雇佣童工,触犯《青少年保护法》!"

"啊?"方老板一听,连忙解释说,"不不不,是这孩子自己要求来打工的,他说家里生活困难,他妈每月只挣三百块钱,他要靠打工来给自己挣出下学期的学费……"

"哼,胡说八道!"女人粗暴地打断方老板的话,"他妈开着一家时装店,每天的流水钱就有七八千,你知道吗?"

方老板一听惊呆了:"什么?"

女人轻蔑地瞪了方老板一眼:"你立刻辞退这孩子,不然的话,我就去法院告你。"

方老板小心翼翼地问:"太太,您是……"

女人一抬眼,耳垂上的大耳环左右直晃:"我就是他妈!"

方老板一听,傻眼了。

等那女人和男的离开饭店,方老板怒气冲冲地责问杨小青:"她真是你妈?"

杨小青只好点头。

方老板气得脸色铁青,一把抓住杨小青的胳膊说:"没想到你竟然是在骗我? 说,你家条件那么好,你为啥还要出来打工?"

杨小青的胳膊被方老板的大手这么一抓,疼得"哎呀哎呀"直叫唤,他脱口道:"老板,方老板,我这是为了替我妈还良心债……"

方老板眉头一皱:"什么良心债? 你可别在我面前再编故事。"

在方老板的连声追问之下,杨小青只得吐露实情。

原来,杨小青的妈妈确实开着一家时装店。那天时间已经很晚了,妈妈还没有回家,杨小青急着在窗前张望,谁知妈妈的身影刚出现在楼前小道上,这时候突然从小道旁边的花木丛里跳出一个歹徒,要抢妈妈手里的拎包,妈妈不放,他就捂住妈妈的嘴,要把妈妈往花木丛里拖。

杨小青急了,正要奔下楼去救妈妈,这时候他看到有位叔叔正好骑自行车经过,看到歹徒作案就立刻跳下车子扑了上来,歹徒一看,掏出短刀就往叔叔身上捅,随后拔脚就跑,叔叔一看歹徒跑了,硬是挣扎起身子,跳上自行车追上去,就在这当口,杨小青赶紧下楼把妈妈从地上扶起来……

谁料巧的是,第二天杨小青刚到学校,就见他的好朋友郑大明在向老师请假,说他叔叔昨晚为了救一位阿姨被歹徒刺伤了,他要去医院照料叔叔几天。郑大明还告诉老师,他叔叔下岗后是靠摆卖地摊烟酒饮料来养家糊口的。

杨小青听了不禁心里一动,放学后就按郑大明说的找到那家医院,一看,果然就是自己昨天在窗口看到的救妈妈的那个叔叔。杨小青从医生那里得知,歹徒昨晚这一刀刺得很深,叔叔接下去的治疗要花好多钱,所以回到家里,他就赶紧把这事告诉妈妈,想让妈妈拿钱出来帮助叔叔。可他妈妈这阵正忙着谈情说爱准备再嫁,妈妈不想让这事儿传扬出去,也不愿意拿钱出来,不但自己不肯去医院探望,还要杨小青和她一起保密。

想到郑叔叔躺在床上的痛苦样子,杨小青的心里像刀剜似的难受,他思来想去,决定自己去打工挣钱,替妈妈还这笔良心债。

听杨小青这么一说,方老板震惊了,打电话联系那家医院打听,得到证实后,他感动得一把抱住了杨小青,连声说:"孩子,你真是好样儿的,好样儿的!"

方老板叫了一辆出租车,拉上杨小青就往医院赶。可半路上,他突然一拍脑袋惊叫起来:"糟糕,忘了带钱!"

看着方老板这副窘相,杨小青忍不住"扑哧"笑出声来……

(李虎斌)

(题图:箭 中)

老红娘的苦心

张原高中毕业没能考上大学，整日蔫头蔫脑地窝在家里，爹娘一合计，决定干脆早点给他订门亲，娶个媳妇，兴许会慢慢好起来。

正在这当口，媒婆李铁嘴迈着鸭子似的步子上门来了，张原爹娘赶紧像迎贵宾似的把她迎进屋，随后让座、沏茶一通忙活。

李铁嘴大模大样地坐在炕上，嘴里叼着张原爹只有过节时才肯拿出来的烟卷，眼睛骨碌碌地把屋里仔仔细细打量了一番，然后就唾沫星子四溅地白话开了，张原爹娘则毕恭毕敬地在一旁听着。

说了一会儿话，李铁嘴就盯上张原了，说："这娃看着还算俊气，咋呆头呆脑的？"

张原娘不由打了个"唉"声,解释说:"我家这娃心气高,没考上大学心里憋闷,所以我和他爹想,还不如早点给他订门亲,成了家,或许他心里也就踏实了。"

李铁嘴听张原娘这么一说,立刻接口道:"哎,这就对了,人哪能与命争呢,咋过不都是一辈子?"

随后,她又冲张原嚷嚷:"跟婶子讲讲,看上哪家姑娘了?"

李铁嘴这一问,张原低下了头。

张原娘忙接过李铁嘴的话说:"唉,哪有什么姑娘啊,我家这娃平时见人家姑娘就脸红,还是他婶你给拿个主意吧,只要身体没毛病,模样说得过去,就成。"

张原爹也在旁边顺应着点头。

李铁嘴一看这情势,于是就东家姑娘这么样、西家姑娘那么样地介绍了一通,张原爹娘听一个介绍点一个头,可张原却听得心烦意乱,干脆躲回自己房里去了。

这天中午,李铁嘴在张原家吃饱喝足了不算,临走的时候,张原娘还塞给她五十块钱,把她乐得,所以过了几天,她乐颠颠地又来了,还带来几个姑娘的照片,让张原挑。

说实话,张原心里早装着一个姑娘了,那姑娘是他高中时的同班同学,叫小丽,可张原哪好意思说啊,也不知道人家愿不愿意和自己处,所以爹娘让李铁嘴给他说媒,他心里着实不情愿,却又不敢对爹娘说明白。

现在李铁嘴拿来人家姑娘的照片,张原根本不想看,但不理睬吧又怕伤了爹娘的心,没办法,他只好接过来装装样子,想尽快把这个讨厌的李铁嘴打发走。

可没想,当张原假意把照片拿在手里一张张看的时候,他愣住了。为啥?其中有一张照片,那个含情脉脉的姑娘就是他心里一直恋着的小丽。张原顿时感到浑身血脉贲张,心"扑通扑通"一阵狂跳。

"看中这丫头了?"李铁嘴神秘兮兮地冲张原一笑。

张原不由自主地点点头。

李铁嘴顿时眉开眼笑:"你小子还有点眼力,这丫头是他们村里最好的闺女了。"

爹娘一听,高兴坏了,捧过小丽的照片仔细看,嘴里啧啧有声地称赞个不停,还起劲地向李铁嘴打听小丽的情况。

原以为一桩姻缘由此而定,可谁知李铁嘴走后却好长时间没了下文,显然是人家小丽没这个意思,张原爹娘吓得再不敢在张原面前提这事儿了。

可谁知这一天,李铁嘴突然又上门来了,见了张原就问:"小丽跟你认识?"

张原点点头,说:"我们是高中同学。"

李铁嘴立刻叫起来:"怪不得! 我说呢,那丫头听说是你,怪不好意思的,我瞧着好像有戏。"

张原一听李铁嘴这话,人立刻精神起来。

可李铁嘴话锋一转,又说了:"不过呀,她娘那儿出了点麻烦。"

张原心头陡然一震,因为在学校时他就听说过,小丽的娘是个厉害角色。

张原的爹娘赶紧凑近李铁嘴,紧张地问:"咋啦?"

李铁嘴瞧瞧张原,又瞧瞧他爹娘,吐出三个字:"彩礼呗!"

张原娘惴惴不安地问:"他们要多少?"

李铁嘴伸出两个手指头。

张原娘试探道:"二千?"

李铁嘴撇撇嘴:"哪止这个数? 二万!"

李铁嘴此言一出,张原爹娘惊得目瞪口呆:这地方嫁闺女要彩礼,一般也就是二三千块的事,二万那可是闻所未闻。

张原爹心里不乐意了,闷声闷气地说:"这亲咱结不起。"

张原娘也嘀咕了一声:"这是嫁闺女还是卖闺女哪?"

张原的心当然也彻底凉了下来。

李铁嘴于是就在一旁劝道:"唉,也难怪人家啊!我告诉你们,小丽爹死得早,她娘一个人把闺女拉扯大,还要供她念书,容易吗?今后小丽嫁到你们张家,就是张家的人了,她那屋里就只剩下她一个孤老婆子,人家不得不留一手啊。"

张原娘只得朝李铁嘴苦笑:"你这么说也不是没道理,可我们实在是拿不出这么多钱啊!"

李铁嘴一看屋里这三个人都是一副哭丧着脸的样子,不由向前探了探身子,说:"不是说'天无绝人之路'嘛,你们不会想想办法?我告诉你们,打这丫头主意的人可多了,不过这丫头挺有主见,前几天镇长儿子来求她,都被她一口回了呢!"

李铁嘴说完,瞥了张原一眼。

过了会儿,她见一屋子三个人都不应声,一拍巴掌又对张原爹娘:"得,我是看那丫头好像对你们家娃有点意思,才厚着脸皮硬要帮你们。我看这么着,这娃别在家呆着了,我城里有个亲戚是做大买卖的,我把你们娃介绍到他那儿打工去,若是干好了,兴许一二年这钱就能挣回来。反正小丽那丫头和你们娃岁数还小,晚两年办事也行,你们看咋样?"

没等爹娘说话,张原就急着抢先答道:"行,行!"

爹娘不放心,问李铁嘴:"人家那头,能答应吗?"

李铁嘴拍着胸脯道:"有我在,不怕她娘不答应。"

就这么着,张原告别爹娘,去了城里,按着李铁嘴告诉的地址找过去,发现李铁嘴这个亲戚开的是一家很有规模的建材公司。

张原刚要推门进去,正好与从里面出来的人撞了个满怀,没料一看竟是小丽。

小丽娇嗔地白了张原一眼:"冒冒失失的,要死啊?"

　　张原顿时脸涨得通红，结结巴巴地说："小丽，咋是你，你咋在这儿？"

　　小丽的脸也红了起来，说："这是我叔的公司，我咋不能在这儿？"

　　张原一听，心里的高兴劲儿就甭提了，想到今后能和小丽在一个公司工作，他心里真比吃了蜜还甜。

　　小丽带着张原去见她叔叔，叔叔问了张原一些情况后，说："小伙子，我会给你机会的，但最后能不能留下，要靠你自己努力。我丑话说在前头，试用期一个月，到时候如果不合格，那就只好请你走人了。"

　　张原这时候紧张得手心都出汗了，除了点头，啥都不会说，小丽见他这副傻样子，忍不住"扑哧"笑出了声。

　　从叔叔那儿出来，小丽又带张原到宿舍去，帮他把所有一切都安顿好。

　　看着小丽一直上上下下不停地忙碌，张原忍不住鼓起勇气附着她耳朵悄悄问："你真的喜欢我？"

　　小丽羞涩地瞟了张原一眼："我……我不过是看在老同学份上才……"

　　"才什么？"

　　"才……你这个人真坏！"

　　小丽笑着一扭身跑了，张原只觉得一股暖流涌上心头，他暗暗发誓：这辈子自己决不能辜负了小丽。

　　第二天，张原就被小丽的叔叔派到销售部去当业务员，由于勤快肯干，他头一个月工资加奖金就拿到数千元。张原心想：照这样下去，小丽娘提出的二万元彩礼钱，很快就能挣出来了。

　　一晃三个月过去了，张原和小丽的感情与日俱增。

　　一个休息日，张原把小丽带回家，这是张原的爹娘第一次见到他们未来的儿媳妇，张原娘拉着小丽的手嘘寒问暖，亲热得不得了,张原爹在一边看着,高兴得嘴都合不拢。

吃过午饭,张原要把小丽送回家去,这也是张原第一次去见未来的丈母娘,他紧张得心直跳。临出门时,张原娘悄悄嘱咐张原顺便去探望一下给他们做媒的李铁嘴,还包了一个五百块的红包,说:"娃,这事儿能成,咱可不能忘了人家啊!"

话说张原跟着小丽来到她家,一看,巧了,李铁嘴也在,正和小丽他娘在说话。

张原要上去问好,谁知小丽却亲亲热热地喊了李铁嘴一声:"娘!"

张原惊呆了,不知所措地看着她们,半晌才结结巴巴地问:"小丽,她是你娘?"

小丽朝张原扮了个鬼脸:"你这个木头啊!"

张原这才回过味来:天哪,李铁嘴竟是小丽的娘。

正和李铁嘴说话的老太太知道了事情真相后,被逗得"咯咯"直笑,赶紧知趣地打了个招呼,就走了。

送走老太太后,李铁嘴一本正经地问张原:"听说你在那儿干得不错,那二万块钱啥时候能挣齐了?"

张原还没来得及回答,小丽就不高兴地说:"娘,你咋非得跟人家要二万块,也不怕人家说你财迷?"

李铁嘴用手一戳小丽的脑门:"咋的,还没嫁给他就不跟娘一条心了?"

小丽羞得钻进娘怀里直撒娇:"娘……"

回到公司后,小丽表示要和张原一起挣这笔钱,可张原怎么也不答应,张原说:"你相信我,我能行。"

从这以后,张原工作更加努力,不久就被提升为公司销售部经理,每月的收入当然也相应增加了不少。后来,当张原把二万块存折交到李铁嘴手里的时候,李铁嘴的脸上笑成了一朵花。

只见李铁嘴这时候从兜里掏出一把钥匙,连同张原刚才给她的二万块存折一起,交还给了张原。李铁嘴对张原说:"这个你拿着,"她指指存折,又指指钥匙,"这是小丽的叔叔在城里给我和小丽她爹买的房子,就当小丽的嫁妆吧!"

张原惊得连连摆手:"不不不,这二万块钱是我应该孝敬你们的。"

李铁嘴一听,脸拉得老长,说:"你这孩子,你以为我真的贪钱?我只是想让你知道,这世上任何好东西来得都不容易,要不你们以后能珍惜吗?"

原来李铁嘴要二万块钱的良苦用心是在这儿,张原心里不由对她充满了敬意。

后来新婚燕尔之际,小丽偎依在张原的臂弯里,还告诉了张原一个秘密:其实在学校里,她就暗暗喜欢上了张原,李铁嘴第一次上张原家,就是去替女儿相亲的。

(赵再年)

(题图:安玉民)

改行

　　火葬场要招聘一名化妆师,消息一传开,沈一乐立刻就去应聘。

　　沈一乐单位效益不好,他想:火葬场不就是讲起来难听点嘛,可生离死别是人之常理,这种单位不会没事做,有事情做就有收入,靠得住啊。

　　火葬场场长姓李,李场长听了沈一乐的自我介绍后,问他:"你有文凭吗?"

　　沈一乐说:"有,初中。"

　　"初中不行,"李场长摇摇头,"你别小看我们这个地方,至少大专。"

　　沈一乐急了:"场长,大专文凭我拿不出,可化妆这种事难不倒我。不信您让我试一次,我保您满意。"

李场长看沈一乐的样子不像在吹牛,便说:"这样吧,刚才正好有个客户特地来联系,说明天她们家有位老太太需要特殊化妆,已经七十多岁高龄了,丧家要求我们尽量把老人化得年轻漂亮些,你就来试试吧。"

"行。"沈一乐一口就答应了下来。

第二天,沈一乐一大早就去了火葬场,这时候老太太的遗体已经运到,于是沈一乐便开始干起来。

按理,化妆第一步应该是先上底油,然后再抹色彩,但当沈一乐的手刚碰到老太太的脸,"噌"马上就缩了回来,一股透心凉的寒意把他吓了一大跳。沈一乐心里有些发毛,这到底和给活人化妆不一样啊!

可大话已经说出去了,况且更重要的是,这还牵涉到自己今后的工作饭碗,怎么说也得撑住呀!沈一乐硬硬头皮,只好再继续干下去。

没有体温的老太太,脸上的皮肤毛拉拉的,油彩上去怎么也抹不开。怎么办?沈一乐脑子一转,想出一个办法,他向李场长要了一个电吹风,先把老太太的面孔吹热,这样油彩就能均匀地抹上去了。

经过这一关之后,沈一乐的胆子大多了,接着就越做越有信心,上胭脂,涂口红,画眼线,贴长睫毛,最后上粉定妆。

李场长过来一看,简直不敢相信,一个七十多岁的老太太,居然被沈一乐化得看上去像只有三十多岁的样子,又年轻又漂亮。

他惊讶道:"你真有这一手?"

"嘿嘿!"沈一乐笑了,"不瞒您说,李场长,我其实有十四年的化妆经验,我在我们剧团里干的就是这个活。上个月团里有台戏,女主角已经五十二岁了,偏偏要演一个二十几岁的小姑娘,我照样帮她搞定。"

"难怪!"李场长不由点点头,"那我们就把丧家请来看一下,需要补妆的话,你当场就可以解决。"

丧事的主办人是老太太的两个女儿,接到李场长的电话就来看妈了。

李场长郑重其事地把她们带到老太太面前,大女儿一看就叫起来:"胡闹,你们把人搞错了,这不是我妈。"

沈一乐说:"这位女士,您先别着急,我只是按照你们的要求,尽可能地把老人化得年轻漂亮些。她就是您妈,不信您看,您妈左耳上有只小耳朵,是不是?"

大女儿一看,果然有,顿时惊得目瞪口呆,不知说什么好。

李场长吃不准丧家对老人的这个妆容是满意还是不满意,于是就小心翼翼地试探道:"不知二位还有什么要求?你们尽可以提出来,或者再重新化过?"

"不不不!"站在一边的二女儿扯扯她姐的衣角,说,"姐,我看这样好,妈是要去看爸的,爸去的时候才四十二岁,妈现在这样年轻漂亮,爸若在天有灵,看到了一定会很高兴。只要他们般配,我看就别改了。"

大姐一听,小妹这话说得有道理啊,于是便对李场长和沈一乐说:"那就谢谢这位师傅,谢谢你们了。"

丧家认可了,李场长拍拍沈一乐的肩膀说:"走,签合同去。"

"这……"沈一乐朝李场长扮了个鬼脸,"您不是说要大专文凭吗?"

李场长"呵呵"笑道:"我要的是水平,要文凭那是跟跟潮流的!"

(赵克忠)

(题图:魏忠善)

刺激性训练

　　邱大宇今年刚毕业就参了军,由于自幼缺乏锻炼,训练时又爱偷懒,有几项指标他怎么也达不到要求。

　　这天,新兵连连长见邱大宇训练又不认真,当即吹响集合哨,黑着脸当众批评他吃不得半点苦,不像个男子汉。

　　连长手里拿着一沓邮递员刚送来的信,批评完邱大宇后,就对全体新兵说:"别以为我只批评邱大宇一个,他的问题你们身上也都或多或少地存在。"说着,他扬扬手里这沓信,"这些信都是刚送来的,每个人都有,你们就用俯卧撑来换,一封信一百个俯卧撑。"

　　这下可苦了邱大宇,因为连长手里有他三封信,按连长刚才说的,一封信一百个俯卧撑,那三封信就得三百个俯卧撑,打死他也没法一次做完啊！

连长似乎已经考虑到了这点，所以对体能差的新兵他又宣布了补充方案，就是标准不变，但完成时间可以放宽到一个星期。这样，邱大宇那三百个俯卧撑一经分摊，除去星期日，每天正好完成五十个。

军营在山区，路很不好走，邮递员一个星期只来一次，所以就是把时间放宽了，也不会和下星期新的练习任务交叉。看新兵们每天俯卧撑练得起劲，连长心里不禁为自己设想出了这个创意点子而暗暗得意。

过了一阵，连长又出新主意了，对新兵们说："我们来点刺激的好不好？"

军营远离城市，周围人烟稀少，训练又累又枯燥，新兵们一听有刺激，赶紧催连长快说。

连长指指手里刚刚收到的一沓来信，笑着说："我看前一阵子啊，有人收到的信多，有人收到的信少，根据来信多少做俯卧撑的办法不够公平。这样，从今天开始我们换个办法，每个人都可以挑一封自己收到的来信当众读一读，看谁一封信里出现的'想'字和'爱'字多。出现一个'想'字，加三十个俯卧撑；出现一个'爱'字，加五十个俯卧撑。当然，这些俯卧撑还是可以分散在一个星期内做完。"

可谁知，连长这话说完，那些新兵们竟都耷拉着脑袋不吭气儿了。

连长一看，不由笑了："我知道你们肚子里在想什么。嘻嘻，就你们那点儿隐私，在这山沟里过不了几天，别人不问你们都会自己说出来。"

连长这话说的也是，或许是都觉得自己信里没什么秘密，或许是也都想听点别人的隐私，最后新兵们都表示同意连长的建议。

连长于是随手抽出一封信，看了看信封，交给邱大宇，打趣说："大宇，好像是家里来的信，是你妹妹写的吧？要不要我给念念？"

邱大宇把信拆开，迅速扫了一眼，随后大大咧咧地朝连长一摆手，嚷嚷道："念念念，我可没有什么不好说的事儿！"

连长接过信，用眼睛扫了一遍，然后就笑着对大家说："邱大宇这封家信里出现了五个'想'字，哈哈，他要做三五一百五十个俯卧撑。"

新兵们一听，都兴奋地拍起手来，七嘴八舌地喊道："连长，念念，快念念！"

连长抬眼一看，发现邱大宇这时候竟已经自觉趴到墙边的地上做起俯卧撑来，他忍住笑，说："好吧，那我就念啦！"于是就给大家念了起来，"亲爱的哥哥，你好！你参军后，妈妈很想念你，爸爸很想念你，我很想念你，邻居张军他也很想念你。对了，红姐说，她也想念你……"

谁知连长刚念到这第五个"想念"，只听"扑通"一声，邱大宇突然趴在了地上。

连长很纳闷，问他："怎么回事？刚才还做得好好的，怎么这会儿趴下了？"

邱大宇哭笑不得地说："连长，你不知道，妹妹说的'红姐'，她是个傻子。"

此话一出，大家笑得前仰后合。

练完俯卧撑回到宿舍，邱大宇拿起笔来就给妹妹写信。为啥？他在信里叮嘱她，以后写信凡是涉及到"想"啊、"爱"啊的字，通通用别的词代替。

果然，接下来的几个星期，邱大宇成了全连最轻松的人，他妹妹来信中只偶尔出现"想"字，至于"爱"字，就更没有了。看着别的新兵成百成百地练俯卧撑，邱大宇还故作羡慕地说："看你们多好啊,哪像我,没人惦记。"

转眼又一个星期过去了,那天,连长给邱大宇送来一封信,又对他打趣说:"这信没有留地址,还写着'内详',嘻嘻,看样子不是你妹妹寄来的,是女同学写的吧? 大宇,要不要我再给念一下?"

连长话音刚落,其他新兵就都起哄:"念! 连长,快念!"

邱大宇窘得满脸通红。

连长似笑非笑地打开信,先用眼睛扫了一遍,这一扫不打紧,张大的嘴巴顿时就合不拢了。他把信重新装进信封,一脸怪笑地对邱大宇说:"大宇,你这信里出现了八个'爱'字,今天你就先做七十个俯卧撑吧!"

其他新兵挺好奇,纷纷问连长:"连长,这信真是大宇的女朋友写的? 那么多'爱'字,都说了些什么?"

连长板着脸,一本正经地说:"你们别急,等大宇这七十个俯卧撑做完了,看了信,你们再问他。"

连长这一说,不但吊足了大家的胃口,就连邱大宇自己也急着想知道到底是谁给他来的信,信上都写了些什么。于是,他一口气就又快又好地把七十个俯卧撑做完了。

望着满脸是汗的邱大宇,连长拍拍他肩膀,说:"不错,不错,大宇,今天你破纪录了!"说完,就把手里的信递给他。

邱大宇接过信,急忙打开看。谁知不看倒好,一看,竟一屁股坐在了地上。

其他新兵更好奇了,手快的一把就把信夺了过去,一看,乐得哈哈大笑。

原来,连长说这封信里出现的八个"爱",它们分别是:希望你爱军队就像爱自己的家,爱护战友,爱惜身体,爱读书,爱学习,总之要爱所爱的一切,做个心胸宽广的军人。

可奇怪的是,这封信没留姓名。

邱大宇愣在了那儿，盯着信封上的邮戳看了半天。根据邮戳上标明的省份和地区，这信应该是从自己老家寄出的，可他想来想去，就是猜不出到底是谁写的。

更让邱大宇惊奇的是，就是从这一天开始，以后他每个星期都会收到一封这样的信，内容都是和他谈理想，谈生活，当然，每封信里总有"想"和"爱"这两个字，虽然不是想他、爱他，却让他每星期都要为此而多做几百个俯卧撑。

就是在这样看似额外的训练中，无论是技能还是体能，邱大宇都有了大幅度提高，半年之后，他成了全连军事训练的尖子。

这天，这个神秘的写信人又给邱大宇来信了，出乎意料的是，这封信里他没有写到一个"想"字或"爱"字，写信人平静地告诉邱大宇，一个星期后来部队看他。

猜了半年的谜即将揭晓，邱大宇心里真是既激动又忐忑。但是一个星期后，当写信人真的出现在邱大宇面前的时候，邱大宇简直惊得目瞪口呆。为啥？这个神秘写信人，竟就是他读高二时教他们政治的王老师。

看着邱大宇一脸困惑的样子，王老师笑着说："大宇，告诉你一个秘密吧，我是你们连长的女朋友。收信加练俯卧撑的办法，是你们连长想出来的，当他发现你妹妹信里突然没了'想'字的时候，就估计是你悄悄打了招呼，为了给你加强训练力度，于是就让我出场了……"

望着站在一边憨笑的连长，邱大宇心里禁不住感动万分，他一个立正，端端正正地举起手来给连长敬礼。在他背后，不知什么时候齐刷刷地站了一排士兵，他们也跟着向连长敬礼，像邱大宇一样，他们现在都是技能一流的士兵。

（彭晓风）

（题图：谭海彦）

就是要嫁给他

刘家村是凤凰山脚下的一个小村子,一共三十多户人家,除去一户姓张的,大家都姓刘,彼此沾亲带故,整个村子就好像一个大家庭。刘贵既是村长,辈分又最大,在村里说话一言九鼎。

前几天刘贵去镇上开会,休息时,赵镇长把他拉到一边,关心地问起他闺女阿芳有对象了没有。听话听音儿,刘贵心中一动,赶紧回答:"还没呢。"

果然,赵镇长哈哈一笑,对刘贵说:"我那小子涛涛跟你们家阿芳同过几年学,到现在还对她念念不忘哩!"

刘贵一听,心中暗喜,赵家公子他见过,在税务所工作,人也长得周正,别说阿芳跟上他是攀了高枝,就连自己的身价不也跟着上去了?于是没等会议结束,刘贵跟赵镇长已经热热乎乎地

"亲家"相称了,来开会的那些大小干部都是聪明人,立马看出了门道,于是就都对刘贵另眼相看起来,言语间也恭敬多了,把刘贵心里乐得。

当晚回到村里,来不及吃晚饭,刘贵就把一大家子的人召集在一起,喜滋滋地向他们报告喜讯,眉开眼笑地说:"这下咱们阿芳有福了,咱们也跟着沾光啊!"

可谁想,阿芳却虎着个脸,冲刘贵说:"爹,我不同意!赵涛那小子念初一时就只知道给女同学写情书,打死我也不能嫁这种人。我要么不嫁,要嫁就嫁大虎!"

阿芳说的大虎,就是村里唯一那户外姓张家的儿子,从小跟阿芳青梅竹马,长大后两人就生出了感情。刘贵其实知道阿芳和大虎相好的事儿,可现在能有机会和镇长结亲家,这不知是哪辈子修来的福分,干吗不答应?

不过刘贵深知自己闺女的脾气,知道硬来不行,于是眼珠一转,就笑眯眯地对阿芳说:"阿芳,这可是你的终身大事,关系到你将来的幸福,还有你哥和你弟的未来。这样吧,现在处处讲民主,咱们家也实行一下民主,让大家对这事投票决定吧,我和你娘,还有爷爷奶奶的意见,你总也得听听吧?"

刘贵把两位老人搬出来,阿芳就不能再硬顶下去了,她心里合计了一下,觉得爷爷奶奶平时最疼自己,一定会站在自己这边投大虎一票的,至于哥和弟,就算站在爹那边,只要让娘再帮自己一票,不就成了?于是就点头说:"好,投票就投票。"

可让阿芳万万没有想到的是,全家投票结果,大虎竟只得了两票,除了阿芳自己,只有奶奶投了他一票。阿芳顿时就傻了眼,恼怒地一甩辫子,瞪着刘贵说:"爷爷和娘是怕你不高兴才没投大虎票的,这次投票不能算数,要投就让全村的人来投,那才叫民主。"

刘贵一听,气得差点跳起来:"你这丫头,亏你想得出来,还要全村人来为你选男人？你以为是选村长？咱家的事,关人家干啥？"

可阿芳就是不依:"你平时不是常说咱全村人就像一大家子吗？让他们来帮我投票有什么不对？如果不这样,那我就一辈子不嫁。"阿芳心里打的小九九是:毕竟大虎跟村里人都是乡亲,如果村选,大虎赢面肯定要比赵涛大。

刘贵何尝不知道阿芳心里在想什么,不过他一转念也有了主意,便盯着阿芳说:"你要村选也行,明晚我就可以把大家召集起来,但这次你可要说话算话,不能再变卦了。"

阿芳见刘贵点头同意了,不由喜出望外,此时天色已晚,阿芳不敢耽搁,赶紧出门去找大虎商议对策。刘贵呢,也不阻拦,等阿芳一走,就赶紧给赵镇长打电话,刘贵知道,既然要村选,这动静以后不可能不传到赵镇长耳朵里,所以得向他汇报在先。当然,刘贵不敢说是阿芳瞧不上赵涛,只说阿芳对大虎和赵涛一时难以取舍,所以才会提出这么干。

赵镇长在电话那头一听,问:"如果村选,涛涛有希望吗？"

刘贵听出赵镇长的声音里明显透着不高兴,急得赶紧保证:"赵镇长,你放心,这村里我说了算,他们哪个敢不听我的？"

赵镇长说:"既然是这样,那……我明天让涛涛到你那儿去一下,给大伙带点礼物去。"

刘贵一听大喜:"那再好不过了,赵镇长,这事儿十拿九稳,我给你打包票。"

果然,第二天一早,赵涛就驾车来村里了。小伙子一表人才,加上穿着挺括的税务官制服,看上去显得精神抖擞,一下子就把土里土气的大虎给比下去了。这一天,赵涛跟在刘贵后面,挨门挨户拜访每一家村民,进门就把一包云烟恭恭敬敬地放到这家炕头上,嘴里像抹了蜜似的,"叔叔"、"伯伯"起劲地叫着,还说:"以后有用得上我的地方,尽管开口。"

村民们谁不希望有这么个有本事的亲戚呀？大伙儿抽着云烟，心里就不由拿赵涛跟大虎比，于是人人都表态，说这样有本事的女婿打着灯笼都难找，不选他选谁？

阿芳做梦都没想到爹会领着赵涛挨家挨户去拉选票，顿时急得不知如何是好。大虎得知后，自觉自己矮了七分，便无精打采地对阿芳说："算了，人家把选票都拉完了，我看今晚选举我不去了，去了也丢人。"

阿芳一听，恨铁不成钢地瞪了大虎一眼："人家拉选票，你为什么就不能也去拉？大家平时乡里乡亲的，你不用带东西，每家去坐一会儿也好嘛。"

在阿芳的鼓励下，大虎决定去试一下。

他第一个去的是三叔家。一进门，三叔就猜出了他的来意，所以没等他开口，三叔就开导他说："大虎，别不自量力了，说实话，人家条件确实比你好，有钱又有势。我看你算了，天下又不是就阿芳一个女人，你另外找一个就是了。"

大虎低着头，说："三叔，我知道我比不过人家，可阿芳非逼着我去跟人家竞选，我现在就像骑在老虎背上，上不得也下不得啊，只求到时候别输得太难看就行，要不这脸可就丢到姥姥家去了，以后谁还肯嫁给我呀？就等着打一辈子光棍了。"

大虎一边说，一边看着三叔："我知道大伙都会选赵涛，三叔，赵涛也不差你这一票，不如你就把你这一票投给我吧，免得到时候我一票都得不着，丢人。"

三叔想想倒也真是这么回事，便点头说："好吧，反正大伙都投赵涛，我投你一票得了。"

大虎一听立刻拍手："谢谢三叔，那我就靠你了，有了你这一票，我就不会'剃光头'了。"

大虎千恩万谢地告辞出来，阿芳等在门口，问他："怎么样？"

大虎说："三叔同意把票投给我了。"他把刚才跟三叔的对话如此这般对阿芳说了一遍,阿芳一把拉住大虎,附着他耳朵悄悄说:"大虎,你有希望了!"

大虎说:"啥希望? 这才只有三叔一票。"

阿芳却信心满满:"你马上挨门挨户再去别家,如法炮制。记住,进去后你可千万别说别家答应投你票的事。"

大虎不明白:"你意思是……"

阿芳抿嘴一笑:"咱们这招叫'浑水摸鱼',让他们以为你只会得到他本人这一票,无关大局。你想啊,如果人人都这么认为……"

大虎一拍脑门听出门道来了,顿时一蹦三尺高,也不用阿芳再催,抬脚就走进了另一家,十分钟后出来,冲阿芳做了个胜利的手势……

当晚,村选开始,赵涛趾高气扬地走进会场,一副胜券在握的神情,而跟他相比,随后进来的大虎脸上却无精打采的,一眼就能看出他对这次民选根本就是毫无信心。他们两个站在一起,就像拳击场上的选手,一个重量级,一个轻量级,根本就不在一个档次上。

这时候,人人心里都在想:如果不投大虎一票,这小子今天脸面恐怕真的会丢得很难看。所以半个小时后选举结果出来,赵涛只得了五票,而大虎竟得了四十五票,以绝对优势获胜。

刘贵和赵涛一看,脸立刻绿了,他们气恼地看着众人,不明白怎么会出现这种结果;而阿芳和大虎,却兴奋地冲着大伙儿连声说谢。

乡亲们很快就明白了是怎么回事,毕竟阿芳和大虎都是大家从小看着长大的,看到他们此刻这么高兴的样子,情不自禁地为他们鼓起掌来……

（黄　胜）

（题图:谢　颖）

少年季奚

　　季奚是一个爱斯基摩小孩,生活在北冰洋沿岸,按当地习惯的计时方法,他已度过了十三个暖季和寒季了。在爱斯基摩人生活的地方,太阳在寒季消失,大地一片漆黑,而暖季来临时,太阳才又冉冉升起,大地变得温暖而光明。

　　季奚的父亲叫博克,是个勇敢的猎手,但在一次打猎时不幸丧生,现在季奚和他母亲相依为命,靠部落里的人施舍过日子。

　　这天晚上,部落酋长召集大家开会,讨论猎物的分配。

　　待大家发完言,季奚站起来说:"首先,我和我母亲非常感谢大家分猎物给我们。不过我现在想说的是,我觉得这个分配有些不公平,因为到我们手里的东西,不是粗糙难啃的皮,就是又大又硬的骨头。"

季奚这话刚出口，大家就忍不住嚷嚷起来。为啥？因为大家认为季奚和他母亲小的小、老的老，他们家没人能够出猎，分东西给他们，已经属于很照顾这对孤儿寡母了，可他们居然还要挑肥拣瘦。

但季奚不管，据理力争地对大家说："我父亲生前是个出色的猎手，我听说他当初每次出猎带回的东西，都比别的猎手多，但他从来也不多拿一点回家。"

季奚说的是事实，可是竟有人昧着良心叫起来："你这是瞎说！"还有人嚷嚷："把这小子轰出去！一个毛头孩子，竟敢和我们作对？"

可季奚没有被这些声音吓唬住，等嚷嚷声平息了，他对酋长说："我今年十三岁了，我母亲让我来参加会议，我现在有权代表她说话。我再说一遍，我父亲是个出色的猎手，可惜他已经去世了，现在，他的妻儿应该和部落里的其他人一样享受猎物，这才叫公平。这就是我作为我父亲的儿子，要给大家说的话。"

尽管季奚这些话说得理直气壮，但周围还是响起了七嘴八舌的喧闹声，甚至还有人吓唬他，要轰他赶快离开，说不然就什么也不分给他。

季奚见大家如此态度，再看看酋长的脸色似乎也有些为难，他想了想，就决定离开。走到门口时，他回过头来，对一屋子的人说："我今后再也不想来参加你们这种会议了，我要像我父亲一样去打猎！"

谁知季奚话音刚落，屋子里竟爆发出一阵哄堂大笑，直到他走出很远，嘲笑声还未平息。可季奚却一点儿也不在乎，第二天就背上弓，带上箭，还有父亲的长矛，去当年父亲常去的西海口狩猎。母亲抹着泪把季奚送到村口，季奚别过母亲，就大踏步向前走去。

一天过去了；两天过去了；第三天，天上刮起了狂风，但仍不见季奚回家,母亲坐不住了,求邻居帮忙一起去找她的儿子。部落里的女人们都非常同情母亲,她们开始对男人发火,骂他们不该让季奚走,那些男人自知理亏,于是就都准备出门去找。

不料这时候,季奚却突然回来了,肩上还扛着新鲜的熊肉。他去酋长家,对酋长说:"快派人带上狗和雪橇去西海口,那里还有我杀死的一只大母熊和两只小熊。"

母亲见到季奚,真是又心疼又自豪,她一把搂住季奚,喜泪直流。

季奚安慰母亲说:"妈妈,我说过没事的,我已经长大了。来吧,咱们痛痛快快吃上一顿,然后我要好好睡一觉,我困极了。"

可是,部落里的那些男人们都知道,猎熊是非常危险的,猎杀带小熊的母熊就更危险了,所以他们不相信季奚真的杀死了熊。酋长要他们去帮季奚把大母熊和小熊搬回来,他们嘴上不说,心里却老大的不爽。

可谁知,男人们来到西海口一看,却个个惊呆了:季奚不但真的杀死了熊,还把熊肉全都切成了块,就像一个真正的猎手在猎熊之后所做的一样。这下子他们没话说了,回来之后,季奚杀熊的故事便在部落里迅速传扬开来。

可是,让那些男人更惊讶的事还在后头。

季奚休息了没几天,又再次去西海口出猎,这次他又猎获了一只幼熊;回来后过了一天,他第三次出猎,竟猎回来一对很大的雄熊和雌熊。

男人们这下可是再也沉不住气了,他们感到大感不解:季奚每次去西海口出猎,连狗都没带,他是怎么猎到熊的? 于是就有人怀疑他是不是在用魔法和巫术狩猎? 抑或是他父亲的鬼魂在帮助他?

但不管这些男人怎么猜疑,季奚都不为所动,继续出猎,继续不断地搬回猎物。于是,部落里不少人开始把季奚看成是一个非凡的猎手,还有人说今后要选他当酋长。

这天,酋长召开部落会议,特地把季奚叫了去。当着那些男人的面,酋长问季奚:"听说你在打猎时有父亲的鬼魂在帮你,是吗?"

季奚一听,反问酋长道:"尊敬的酋长,是那些熊肉不好吃吗?还是有谁吃过熊肉之后生病了?你们有什么根据说是父亲的鬼魂在帮我呢?"说罢,季奚带着一肚子委屈离开了会场。

望着季奚的背影,酋长陷入了沉思。为了把事情搞清楚,酋长决定等季奚下次出猎时,派人跟着去探个究竟。于是,当季奚再次出发去西海口时,两名年轻的猎手便神不知、鬼不觉地跟在季奚后面同行。

五天后,这两个猎手回来了,向酋长汇报说:季奚遇到大熊时不是举枪瞄准,而是对着熊大喊大叫,那大熊也腾起后腿对季奚狂叫,然后季奚就朝大熊走过去;当大熊开始朝季奚跑来时,季奚转身就跑,边跑边朝地上扔圆球;大熊跑到圆球跟前停下,闻了闻,把它吃了,季奚于是就扔下更多的圆球,引大熊一直跟着他跑,直到把那些圆球都吃下肚去;然后,就见大熊突然停了下来,全身直立,大声嚷叫,接着就不停地又叫又跳,看上去那样子十分痛苦,最后还不停地摇头,又坐下来甩利爪抓自己的毛皮;而季奚呢,这时候就悄悄在附近观察大熊,直到它虚弱得连坐都坐不住了,季奚才上去用长矛刺死它。

酋长仔细地听这两个年轻猎手说着季奚出猎过程中的每一个细节,简直惊讶万分,他实在搞不懂这孩子到底在用什么方法狩猎。

等季奚从西海口回来,酋长来到季奚家。

此时,季奚正趴在桌上吃饭,酋长沉下脸问他:"我想知道,你狩猎中到底用了什么魔法和巫术?"

看着酋长这副严肃的样子,季奚不禁乐了,说:"酋长,我一个孩子哪懂什么魔法和巫术？是的，我是采用了一种和你们不一样的猎熊方法，但这是我自己发明的，它靠的是心计，根本不是什么巫术。"

酋长不信："你自己发明的？这办法任何人都能用？"

"是的，"季奚朝酋长点点头，"任何人都能用。"

"那……"酋长说，"你能给大家讲讲这办法吗？"

"当然能，这办法很简单。"季奚说。

于是，酋长把部落里所有的猎手都召集拢来。

只见季奚从屋角拿了一根很细的鲸骨，鲸骨的两端看上去就像刀一样尖锐而锋利，季奚把它弯成一个圆圈，突然又松手放开，随着一声脆响，已经弯成圆形的鲸骨立刻弹回成了原形；接着，季奚从桌上拿起一块海豹肉，"就这样，"他一边示范一边说，"先将这根两端尖利的鲸骨弯成一个圆圈，把它埋进海豹肉里，再把肉团放在雪上冻硬。熊吃进有鲸骨的肉团后，肉团遇热就会解冻，只要一解冻，那锋利的鲸骨就会弹直，刺伤熊的内脏。这样，很容易地就能把熊杀死。"

这办法确实很简单，大家一听就明白，于是个个惊叹："真是不可思议！"

后来，季奚成了部落里最优秀的猎手。再后来，他终于被大家一致推选为部落酋长。

那以后的许多年里，季奚带领着爱斯基摩人不断创造自己的幸福生活，再没有谁会在夜晚因饥饿而痛苦地呻吟了。

（陈　健　编译）

（题图：箭　中）

励 精 图 治

"天将降大任于斯人也,必先苦其心志,劳其筋骨,饿其体肤,空乏其身,行拂乱其所为,所以动心忍性,增益其所不能。"

找上帝评理去

这个故事发生在东部沿海一个偏僻的岛屿上。

有个渔民叫水生,他有一个贤惠的妻子,还有一个漂亮的女儿,一家三口都住在船上,日子虽然过得艰苦,但活得很自在。

可惜好景不长。这年九月,水生患上了严重的风寒病,勉强出海捕鱼回来之后,两条腿就再也站不稳了。

老婆于是对水生说:"你歇着,我去把鱼卖掉,换点钱来给你治病。"

水生犹豫了半天,想想也没有更好的法子,只好点头,嘱咐老婆说:"那你尽量小心点,可千万别碰上金大腕。"

金大腕是谁?当地一个十恶不赦的大渔霸,平时干尽了欺男霸女的事,水生怕老婆去卖鱼会撞在他手里。

老婆安慰水生说:"你放心,虽说金大腕整天都在鱼场游来荡去,可他中午总要回去吃饭的,我中午去,不会撞上的。"

老婆故意把水生平时戴的一顶破帽子往头上套,把自己打扮成一个丑渔婆,然后等到将近中午的时候,就挑着满满一担鱼下了船。她走一阵、歇一阵,来到鱼场时先不贸然进去,看看里面没有金大腕的人影,这才放心地加快步子进了鱼场。

不想过完秤,水生老婆正准备拿钱的时候,突然有人按住了她的手,又一把揭下她头上的帽子,奸笑着说:"果然是个娘子!哼,想逃过我的眼睛?没那么容易。嘻嘻,我看上你了,你老老实实跟我快活去。"

水生老婆呆住了,此人正是金大腕。

水生老婆非常愤怒,但她强忍着没有发作,央求道:"金爷,我有男人,你不能强占人妻啊。"

金大腕鼻子一掀,说:"少废话,快跟我走!"

水生老婆见金大腕要来硬的了,猛地抽出手来,转身就跑。

这下金大腕气坏了,冲手下大叫大嚷:"这臭娘们反了,给我追!"

他几个手下一听,立刻像恶狼一样朝水生老婆扑了上去,把她按在地上。

金大腕走到水生老婆跟前,两手叉着腰,冷笑道:"嘿嘿,你这个娘们看样子还挺辣的啊?这回就让老子尝尝辣的味道。"

他朝手下喝令:"给我把她绑起来,押回去!"

手下自然听令,立刻三下两下把水生老婆绑了。

水生老婆气得两只眼睛几乎要喷出火来,朝金大腕破口大骂:"姓金的,我奈何不了你,可老天在上,上帝一定会惩罚你的!"

金大腕一听,愣了,眨眨眼睛说:"这说法新鲜,我还是头一回听到。嘿,你以为上帝是你们穷人的?哈哈,做梦去吧!上帝是帮我们有钱有权有势的人说话的,怎么可能会帮你们呢?"

水生老婆才不理他这话呢,挺直身子说:"你这是胡说! 上帝是最公正的,它从来就站在受欺负的人一边。"

金大腕见水生老婆不服,伸手将两只衣袖一捋,龇牙咧嘴道:"你这娘们还嘴硬? 我今天就是要把你做了,看上帝惩不惩罚我?"

金大腕什么事做不出来? 把水生老婆拉回去以后,果真就对她下了手。

傍晚,水生老婆哭着跑出金府,跪在地上不住地朝天磕头:"上帝啊,你狠狠惩罚这个恶魔吧,我求你了!"

为了不让水生担心,老婆抹干眼泪,强装笑脸回到了船上。晚上水生睡着了的时候,她又悄悄来到船头跪下,朝天磕头,求上帝严惩金大腕。

一整夜,水生老婆根本无法合眼,直到清晨才迷迷糊糊睡过去。

水生以为老婆昨天卖鱼太累,就独自硬撑着爬起来,挪出舱外。这时候,他意外地发现,自己的渔船被包围了,他弄不清是怎么回事,正想揉揉眼睛看仔细,一个声音把他吓了一跳:"嘿,那卖鱼的原来是你娘们? 那就对不起啦,昨天我做了她。嘻嘻! 不过她说上帝会帮她来惩罚我的,怎么一晚上都不见动静? 既然如此,那还不如让我再快活一次?"

金大腕让他手下到水生船上,把水生老婆再抓了去。

昨天老婆回来之后话很少,水生是觉得有点异样,此刻听金大腕这一说,他才知道昨天曾经发生过什么事了。金大腕如此嚣张,水生气得肺都要炸了,恨不得冲上去一刀宰了这个禽兽。

这时候,水生老婆在船舱里已经被外面的声响惊醒,她第一个反应就是要保护女儿,不能让金大腕看到女儿在舱里。她本能地跳起来冲出船舱,一头就往海里跳。

可毕竟是金大腕势力大呀，只几分钟，金大腕手下的人就把水生老婆抓上了船。

眼看着老婆又要被辱，水生不由扯起嗓子冲天大喊："上帝啊！难道你真的只帮富人不帮穷人？我不相信啊！我一定要当面向你问个明白！"

金大腕一听水生居然要去向上帝讨说法，不由一阵狂笑，说："你一个人找上帝评理有什么意思？上帝只听一面之词，也不好判断谁是谁非。要不这样，我陪你一起去，你的路费我包了。"

此时，早已围上来了不少渔民，听说水生要去找上帝评理，都支持他。他们说："是该向上帝问个明白，如果连上帝都不帮穷人，那我们穷人就真的没活路了。"

说话间大家还纷纷掏口袋，给水生凑去天堂的路费。

可第二天真要收拾行囊启程时，水生不由傻了眼：上天堂的路到底在哪儿呢？我该往哪里走呢？他颓然地坐在地上，双手不停地揪自己的头发："怎么办？怎么办啊？"

谁知就在这时候，突然，从天上伸下一条路来，一直伸到了水生的脚下。路上还走来一个人，他扶起目瞪口呆的水生，说："我是上帝派来的，你跟我走吧！上帝听到你要当面向他问个明白，就给你铺了这条路下来。"

水生一听又惊又喜，立刻就跟着这个天使出发了。

水生被天使接上天的消息，很快就传到了金大腕的耳朵里。金大腕当然知道自己做下了什么，所以得知水生真的去找上帝评理，他心里就有些害怕了，立即背了一包袱金银细软，也踏着这条路上天去了。

上天的路，一步等于一万步，水生和金大腕两个人没多久就都来到了上帝面前。上帝相貌堂堂，面目庄严，水生和金大腕站在他面前，吓得都不敢看他。

还是上帝先开口："你们两个从大老远来,都给我带什么来了?"

水生一听:不对,怎么上帝开口就先要东西呀? 他心里不由来了气,气一上来,就什么都不顾了,他对上帝说:"我没想到见上帝也要带东西,所以是空手来的。不过,也不能说是完全空手来的,因为我毕竟带了一肚子苦水来。"

而那个金大腕呢,这时候就打开了他那个装满金银细软的包袱,笑眯眯地对上帝说:"报告上帝,我心里对您老人家一直是毕恭毕敬的,所以这次来天堂,我特意给您带来了人间最贵重的东西。"

上帝朝金大腕打开的包袱一看,相当满意,一连点了三个头。

接着,上帝就问他们两人为何事而来。

水生张嘴要说,上帝马上指指金大腕,打断水生道:"你这人怎么一点不懂规矩? 刚才是你先开的口,现在该轮到他说了。"

金大腕一看上帝明显护着自己,心中好不得意,立即眉飞色舞地告诉上帝:"上帝啊,我这人什么都好,就是有时候脾气不好,不小心打伤或打死过几个刁民;还有,就是有时候看到漂亮女人对我有意思,我就成全了她们……"他说着,瞥了瞥水生,"这本来都是一些挺平常的事情,可他就是看不顺眼,非要上您这儿来告我的状,这不是存心给您上帝添麻烦吗? 唉,我真不知道该怎么说他好。"

上帝原以为金大腕这番话说完,水生肯定要跳脚,可谁知水生却冷着脸站在那儿,一言不发。上帝问水生怎么不开口,水生说:"你分明站在他那边,我还有什么话好说?"

上帝一听不高兴了:"好哇,你竟敢诬陷到我上帝头上来?我说过我站在他那一边了吗?"

水生把头一昂,说:"好,既然你肯主持公道,那我就把事情的真相说给你听听。"他于是便一五一十把金大腕所有的罪行都列数了一遍,强烈要求上帝惩罚金大腕这个恶魔。

可是上帝似乎不相信水生的话,上帝说:"如果金大腕真有你说的那么坏,你们不早把他的皮剥了?"上帝警告水生,"回去以后,你和你那帮穷人都得老老实实听金大腕的,他说往东你们不能往西,他说是黑的你们就不能说是白的。如果你们当中还有谁不服,你就叫他来找我吧!"

水生见上帝竟也会"见钱眼开"如此偏向,不由脱口一声:"怎么连天理都没有了啊?"说罢口吐鲜血,一头栽倒在了天堂的大殿上。

穷人们都眼巴巴地盼着水生从上帝那里带回好消息,没想最后等来的却是这样一个结果。水生咬咬牙,对大家说:"兄弟们啊,连上帝都靠不住,还能靠谁?我们只有一条路,那就是大家团结起来,跟金大腕斗,把他掀翻在地,我们才能扬眉吐气!"

水生这番话,惊醒了梦中人,大家纷纷说:"对啊,我们早该团结起来,把金大腕整倒了。水生,你就领头吧,我们都跟着你干!"

金大腕比水生晚回来,因为上帝留他在天堂住了几天。

从天上回来之后,金大腕立即把他手下那些打手召集起来,神气活现地说:"我现在有上帝做后台,什么人都不怕了。哈哈,你们跟着我好好干,少不了今后过荣华富贵的日子!"

众手下一听,高兴得欢呼雀跃。

金大腕却朝他们一瞪眼,说:"你们别只顾高兴,我这次去天堂,来回路上可累了,你们怎么就不想着好好慰劳慰劳我?去,给我四处找去,今晚十二点之前,非得给我找个最漂亮的娘们回来陪陪我。"

众手下自然立刻行动,两个小时后,他们在海边发现了一个正在弯腰捡贝壳的姑娘,看上去简直就是绝色美女。

众手下可兴奋了,正准备扑上去抢她时,那姑娘却抬起头来,笑着说:"我不用猜,就知道你们是金大腕的手下。我为什么会这么聪明呢?因为我是小龙女啊,我还知道金大腕这次从天堂回来,得到了上帝的支持。我前几天做过一个梦,梦见他当了国王,我成了他的王后,我把这个梦跟我龙王父亲一说,他不但同意我嫁给金大腕,而且还答应帮助他明年就当上国王。你们回去告诉他,如果他有心娶我,明天早晨就到这里来相亲。"

说完,绝色美女纵身一跃,钻进了海里。众手下盯着海面看了半天,也没见她从水里冒出来,于是撒腿就跑,向金大腕报喜去了。

金大腕听了手下报告后,激动得语无伦次:"真……真想不到,我……我……我要当……龙王的女婿了?上帝啊,太……太感……谢你了!"

第二天一早,金大腕在众手下的护送下,威风凛凛地来到海边。然而眼看大半天过去了,却连个人影也没有,金大腕觉得自己被捉弄了,他正要发怒,这时候海面上突然飘来一阵悠扬的歌声,歌声中,有一只扎满了鲜花的船正从远处飘来。金大腕顿时精神一振:小龙女来啦!

来的果然是小龙女,穿着漂亮的衣裳,坐在船头。

船到岸边后,小龙女笑着对金大腕说:"英雄,快请上船吧,我的龙王父亲正等着你呢……"

金大腕从未看到过天下竟有如此绝色的美女,小龙女话还没说完,他就迫不及待地跳上了船,痴痴地看着小龙女,口水直流。

花船很快就离开岸边,朝大海深处飘去。

小龙女对金大腕说:"英雄,外面风大,咱们进舱去吧。"

金大腕这时候竟成了一个听话的孩子,低头跟在小龙女身后乖乖地进了船舱。可他脚还没站稳,背后就突然蹿出两个人,把他双手反剪过来捆了。

金大腕这才知道自己上当了,大喊手下:"快来人啊,救命啊!"可是有什么用呢?他哪怕喊破天,这时候也不会有人来理他了,因为他的手下根本就没在船上。

金大腕扭头一看,看清了绑他的两个人中,一个就是水生,立刻暴怒道:"你们竟敢骗我?哼,骗我就是骗上帝,上帝是不会放过你们的!"

水生见金大腕开口就是"上帝、上帝"的,狠狠朝他"呸"了一口,说:"什么上帝、上帝的,我们就是上帝!现在,我们就以上帝的名义,送你去西天。"

说完,他把金大腕拎起来,一抬手,扔进了海里。

小龙女在旁边兴奋得连连拍手,竖起大拇指直夸:"爹,你真行!"

这个小龙女原来就是水生的女儿。

却说金大腕刚沉入海底,一条金光大道就从天上直铺到水生面前。

只见上帝从金光大道上走来,对水生他们说:"诸位,这回我是不请自来的啊!对金大腕这样的恶棍,你们早该坚决反抗了。当时,水生大老远跑到天上来找我评理,我不但不帮水生说话,相反还故意站在金大腕一边,为的就是激怒你们,迫使你们自己采取行动。经历了这件事,希望你们明白一个道理:每个人心中,其实都有一个上帝,如果什么事情都要坐等上帝来管,上帝是管不过来的,到头来吃亏的,还是你们自己啊!"

(潘春萍)

(**题图**:箭 中)

断

指

　　侯三小时候不但相貌长得漂亮,白白的皮肤,浓浓的眉毛,大大的眼睛,他那双手更是与众不同,十个手指又细又长。有人说这天生是拿笔杆子的手,有人说这是弹钢琴的手,反正众口一词,都说这孩子长大了肯定有出息。侯三的父母听了,乐得嘴巴咧到了耳朵根。

　　可谁料,侯三长大后,却学了一门将人家口袋里的钱扒到自己口袋里来的技艺,竟做起"三只手"来了。不知是他那双手长得特好,还是他专心钻研之故,反正这偷技是日见长进,就这样一来二去的,侯三成了"扒帮"中的小头目,享有坐地分赃的特权。

　　侯三虽然有了这份职业,但毕竟是不光彩的,所以他对外绝对保密,既不敢让村里人知道,更不敢让他母亲知道。侯三是独子,父亲去世过早,是母亲含辛茹苦将他扶养长大的,安守本分的母亲若是知道儿子走上这条行窃之路,肯定接受不了。

可是纸里包不住火,事情最终还是传到了母亲的耳朵里。

这一惊非同小可,侯三母亲接连两天吃不下一口饭。将侯三的劣迹证实清楚之后,母亲将侯三叫到跟前,拉着他的一双手说:"儿啊,人家都说你这双手不是拿笔杆子也是弹钢琴,哪想你现在竟用它去掏人家口袋,这究竟是为什么呀……"

母亲话未说完,就已经泪如雨下。

侯三知道事情瞒不过了,慌忙跪下求饶:"娘,怪我一时糊涂,我改,我一定改。"

母亲看着儿子:"你真能改?"

侯三拼命点头:"真能改,我一定改!"

侯三一直和母亲相依为命,所以对母亲很孝,他最看不得的就是母亲掉泪。

母亲却抓着侯三的手不放:"你能改,你那帮狐朋狗友也能改吗?"

侯三一愣,想了想,说:"娘,他们不改,我也改。"

母亲一听,说:"那好,你把他们都叫来,娘有话要说。"

侯三只好去把他的那些扒手朋友一个个全叫了来。

侯三对母亲说:"娘,人都到了,你有什么话,就说吧。"

母亲点点头,一数,连侯三在内,一共十三个人。母亲心想:这人还不少呐!便道:"你们都是我儿子的朋友,你们怎么样我管不着,但侯三是我生的,他的手是我给的,我当初只给了他两只手,可如今他却多出一只手来,成了人人痛恨的'三只手',你们说该怎么办?"

扒手们一听,你看看我,我看看你,不知如何回答。

母亲转身从里屋拿出一块砧板和一把菜刀,放在地中央,对侯三说:"儿啊,你把手伸过来。"

侯三迟疑了一下,战战兢兢地将手伸了过去。

母亲拉住侯三的手不停地抚摸,一边抚摸一边流泪,说:"儿啊,你看看,这是一双长得多好的手啊,可娘对不住你,娘给了你一双好手,却没有保护好它……唉,既然这双手如今已经成了害人之手,我今天就得把它彻底处理了。"

母亲这话一出口,扒手们立刻如梦初醒:看来侯三娘今天是要把侯三的一双手砍了。

情急之下,他们齐刷刷地跪倒在地,为侯三求饶:"大娘,做好人也不能没有手呀!"

可是,母亲依然拽住侯三的手不放:"既然你们为他求情,我就留下他这双手,但他用来干坏事儿的那两个指头绝对不能留!"

母亲让侯三伸出右手的中指和食指,按在砧板上,然后举起了菜刀。

侯三的那些扒手朋友,一个个吓得闭上了眼睛。

可问题是,母亲举着菜刀的手却怎么也落不下来。母亲这一生连鸡都没杀过一只,如今却要剁下儿子的手指头,不管怎么说,儿子身上的点点滴滴都连着母亲的心,她能下得了手吗?

突然,母亲一把搂住侯三,号啕大哭道:"你这不争气的东西,害得娘好苦啊!走吧,你的路还长呢,这指头就留着给你用它去做个像模像样的人吧!你的债,就让娘来替你还了!"

侯三这时候悔恨得泪水涟涟,他以为母亲就此放了自己,可谁知就在他从砧板上缩回那两个手指来的时候,母亲握刀的手却落了下来——她剁下了她自己的一截手指!

刹那间,母亲手上血流如注……

母亲的手从此少了一截手指,可这以后,这一带就再也没有出现过一个偷人钱物的三只手了。

(作者:许　行;讲述者:吴文昶)

(题图:刘斌昆)

状元宴

县城小西关有一户人家,女主人去世早,家里只有父女两人,父亲陈大冬,女儿陈小红。

陈大冬四十来岁,普通工人,平生没什么爱好,就喜欢每天晚上喝点酒,也不是什么好酒,散装老白干,一次买一大塑料壶,每晚二两,四毛钱。陈大冬原先是县纺织厂的炊事员,专门为领导开小灶,后来领导爱到外面酒店去吃喝,厂里的小灶十天八天也难得开一回,陈大冬于是就下岗了。在没有找到新工作之前,家里仅有的一点积蓄得节省着用,所以他每晚的二两酒就免了。

陈小红眼下正读高三下半学期,是个挺用功的女孩,平时心也挺细,陈大冬餐桌上的变化,立刻就引起了她的注意,明明是爸爸多年的习惯,怎么说改就改了呢?

她忍不住问:"爸,你怎么不喝酒了?"

陈大冬知道,眼下高考在即,下岗这么倒霉的事儿,现在可不能让小红知道。他怕影响小红的情绪,所以见小红问,便扯了个谎说:"爸爸最近身体有些不舒服,医生不让喝酒。"

不料陈大冬这随口一说,却让小红更加不安,急得连声追问:"爸,你怎么啦? 身体哪儿不舒服?"

陈大冬见小红这么紧张,心里一"咯噔",后悔自己没把谎话编好,只好搪塞说:"嘿呀,又不是什么大病,不让喝就不喝呗。吃饭,咱们吃饭!"

小红见陈大冬躲躲闪闪的样子,就不再追问下去了,但是一团疑云却装在了她的心里。这以后,她就不像过去那样每天快快乐乐地上学、放学了,总显得有些心事重重的样子。

小红脸上的变化,自然也逃不过陈大冬的眼睛。这怎么成呢? 小红正面临高考前的最后冲刺,必须保持良好的心态,看来,为了小红能顺利考上大学,自己这每天二两酒还得照常喝。

于是,那个大塑料酒壶很快就又装上了白酒,晚餐桌上又多了个小红熟悉的酒杯。

小红忍不住问:"爸,不是说医生不让你喝酒的吗,怎么又开戒了?"

陈大冬笑着说:"闺女,你长大了,爸的事儿也不想再瞒你了。早些时候,爸其实是下岗了,下岗了还喝什么酒? 我是怕你担心,所以没告诉你。不过最近好了,我找到工作了,在市郊一家砖瓦厂做保安,嘻嘻,工资还比原先在纺织厂高,所以这就又喝上了。几十年的习惯,难改啰!"

"真的? 爸,真是太好了!"小红一听陈大冬这番话,高兴得从凳子上跳了起来,脸上的愁云一扫而光,,"只要爸天天有酒喝,就说明金融危机还没有波及到咱家,那我在班上第一名的成绩就不会受影响!"

"好!"陈大冬也高兴得满脸红光,他不住地点头,"爸要的,就是你这话!"

这以后,家里的气氛又回到了从前,小红每天高高兴兴地上学、放学,陈大冬每天晚餐桌上照例喝他的二两白酒,日子就这样在不知不觉中过着,一直到小红高中学业结束。

考场上下来,小红自我感觉特别好。果然,不久考试成绩下来,小红竟考了全省文科第一名,被一个重点大学录取了。

拿到入学通知书的那天晚上,小红硬抢着动手做了几个家常菜端上桌,陈大冬乐呵呵地拎出大塑料酒壶,兴高采烈地说:"闺女中了头名状元,今晚我这个当爸的可要一醉方休啦!"他说着,"咕噜咕噜"一口气喝下两大杯白酒。

父女俩正乐着,屋门忽然被推开了,街坊邻居"哗"地涌了进来,他们是得到小红的喜讯后特地相约一起来祝贺的,还给小红送来了毛巾被、洗脸盆、热水瓶等以后住校用得着的生活用品。

屋子里正热闹的当儿,陈大冬原来纺织厂的王厂长也赶来了。当地有个传统,凡本单位的职工子女考上大学,单位领导都得表示表示,以示对教育的重视。

只见王厂长拿出五百元钱,塞到陈大冬手里,说:"老王啊,女儿这么争气,是你这个当父亲的骄傲,也是我们纺织厂的骄傲啊!"

面对大家如此热情的关怀,陈家父女感动得不知说什么好,还是小红先缓过劲来,她灵机一动,把家里的酒杯全找出来,对大家说:"谢谢叔叔阿姨对我的关心,请大家一起干一杯吧!"她一边说,一边就拿过那只塑料大酒壶,为大家斟起酒来。

没想陈大冬却突然手足无措起来,一把夺过小红手里的大酒壶,拦着众人说:"别!别喝,别喝呀!"

邻居大嫂说:"叔,我们知道你平时买的都是散酒,可这是小红的状元酒,哪能不喝?"

小红奇怪地看了陈大冬一眼,心想:爸爸今天怎么这样不近人情呢? 别说人家还带了礼品,就是空手来,也该敬人家一杯呀!

于是,她不顾陈大冬阻拦,率先举起酒杯,对大家说:"叔叔阿姨,我爸他喝醉了,我先敬大家一杯!"说着,仰起脖子就把手里的这杯酒喝了下去。

谁知酒一下肚,小红顿时大惊失色:"爸,怎么……怎么是凉开水? 这半年……"

什么? 杯里的酒是凉开水? 已经拿到酒杯的人纷纷扬起脖子喝,一喝,可不就是凉开水!

这时候,陈大冬像个做错了事的孩子,红着脸对小红说:"闺女啊,下岗后我虽然又找了份工作,但挣钱不多,为了尽量不让你看出来,我就以水代酒每天还是喝两杯。不过这样挺好啊,这半年凉开水喝下来,我早把酒瘾给戒了。"

邻居大嫂的眼睛湿了。

王厂长满脸羞愧地一把拉住陈大冬的手,说:"老陈,是我对不住你,我们……我们不该……不该……"

陈小红却在一边发誓说:"爸,四年以后你再开戒吧,那时我一定要给你买市场上最好的酒,让你喝个够!"

陈大冬一听,泪如雨下:"闺女,有你这样争气的孩子,爸的心早醉了!"

(曲范杰)

(**题图**:杨宏富)

与老爸竞考

英子正念高三。

一天，她放学刚回到家，老爸就一脸阳光地对她说："英子，报上说今年高考不受年龄限制，爸爸想报名去搏一下，你看咋样？"

英子惊讶得张大嘴巴，一时不知如何回答。

老妈在一边抢过话头说："怎么，八十岁还学吹打？"

"不学不行呀！"老爸晃着头，一脸的无奈，"如今知识就是财富，没文凭吃不开。你看，我在报社干了二十多年，可到现在还是个中级职称。"

英子的老爸是六七届高中毕业生，当时没有机会上大学，后来是因为写得一手好文章，才被破格录用到县报社工作的。

英子理解老爸的苦衷,便鼓励说:"爸,你一定行!"

老爸高兴地说:"你现在正好念高三,咱父女俩来个竞赛,怎么样?"

英子知道老爸的语文水平是没得说的,可数理化丢了三十多年了,要真和自己比,那还不是输定了? 可她又不忍心打击老爸的积极性,所以愣在那里没吱声。

老爸见英子不说话,便逗她:"怎么,怕了输了是不是?"

英子白了老爸一眼,撒娇说:"谁怕输了?"

"那就好!"老爸笑眯眯地说,"咱可得事先说好,要是你输了,怎么办?"

"输了是小狗。可老爸,要是你输了呢?"英子反问道。

"一样!"老爸自信满满道,"我决不以大欺小,倚老卖老。"说着,还伸出小指和英子拉钩。

老妈在旁边看得直乐,指着老爸的鼻子笑骂:"你也真是没大没小的!"

拉钩归拉钩,但在英子心底,她总以为老爸其实是在和自己开玩笑,老爸都一把年纪了,怎么可能再去参加高考? 可没想第二天,老爸真的到市招生办去报名了,还找来一大堆复习资料,一下班就把自己关在书房里,闷头苦学。

英子觉得老爸简直太不可思议了,对着书房直喊:"老爸,你真的要和我比试?"

老爸门也不开,说:"我什么时候说话不算话过? 你既然是我的女儿,我相信你也一定不会食言。"

这一来,英子心里就不由紧张起来:老爸三十多年没摸课本了,自己要是输给他,脸往哪儿搁,岂不让人笑掉大牙? 英子不敢怠慢,下决心要和老爸比个高低,为了稳操胜券,每天晚上饭碗一丢,她也钻进自己房里做起功课来。

老爸看英子这么用功,当然不甘落后,钻在书房里一啃书本就是几个小时。英子心疼老爸,因为老爸有慢性肝炎,十多年了病情反反复复,一直没有根除,英子担心他熬夜太久会影响身体,总劝他早点休息。

可老爸不但不听,反而叫英子早些睡觉,别影响第二天上课。英子想:我才不上你老爸的当呢!你学到什么时候,我就也学到什么时候。

一天夜里,老妈醒来,见老爸还在挑灯夜战,心疼地呵斥道:"你不要命了?都五十多岁的人了,身体又不好,跟孩子较什么劲?你不休息,英子也不会睡觉,你明天还让不让她上学去?"

老爸一听,"啪"地关了灯,走到英子房里,对英子说:"你妈说得对,身体是革命的本钱,咱们约法三章,不搞疲劳战,从明晚开始,十点必须睡觉。"

从第二天开始,每天晚上一到九点五十分,老爸就端上一杯热腾腾的牛奶,去英子房里,用近乎命令的口气说:"趁热喝了,早点睡!"

可常常是,待英子一觉醒来,她发现老爸的书房里却还亮着灯。

不久,英子发现老爸的身体越来越瘦,脸色就像枯黄的老菜叶一样难看,而且,老妈又开始给他熬中药了。英子关切地问:"老爸,你是不是肝病又复发了?"

老爸连连摇头:"没有,没有,我现在服中药是预防在先呢!"

看到老爸如此支撑着要和自己比试,英子实在于心不忍。一天,趁老爸不留意,英子偷偷将他书桌上那个台灯的灯泡拆下藏了起来,她心想:今晚老爸可以好好休息休息了。

没料老爸见台灯不亮,竟把书本一夹,到厨房里去看起来。第二天,老爸发现了秘密,笑着对英子说:"咱父女俩公平竞赛,你可不许搞阴谋诡计哦!"

英子的脸"刷"地红了。

老妈连忙替英子打掩护："你别乱搞冤假错案,那是我干的。你看看你,为了一张文凭,连老命也不顾了。"

老爸听了,只是呵呵地笑。

有一次,老爸不知从哪里弄来一道数学题,英子做了半天也没有做出来,没办法,她只得去请教老师,搞懂后又复述给老爸听。为了辅导老爸,打那以后,一有时间英子便钻研难题,越钻头脑越活,一时间竟成了班上的解题高手。

真是功夫不负有心人,经过一番努力,老爸和英子竟双双考取了北京一所名牌大学。望着那两张盖着鲜红大印的录取通知书,父女俩都流下了激动的泪水。

然而,事情的发展却让英子始料未及。

开学那天,老爸和英子一起踏进了他们梦寐以求的大学校园。老爸先陪英子去报到,然后笑着对她说:"英子,你自己在这儿好好学习吧,爸不能陪你了。"

英子十分惊诧:"老爸,你……你怎么……"

老爸从怀里掏出一张检验单,说:"老爸的肝炎又复发了,学校是个公共场所,我不能把病传染给同学们。"

英子顿时愣住了,脸上的泪水"哗哗"直流。

老爸笑着安慰她说:"傻丫头,别哭,没什么大不了的! 爸这是老毛病了,爸去办个休学手续,回去调养好了,再来和你一起上学。到时候,老爸可得和你再来一次竞赛哟!"

老爸话是这么说,可是英子整整等了一个学期,也没把她老爸等来,每次写信回家问老爸的身体怎样,老妈都说还是老样子。英子心里放不下,第二年一放寒假,便风风火火地赶回家去。

一进门,老妈正在收拾房间,英子急着问:"妈,我老爸呢?"

老妈轻声说:"在……在书房里呢。"

英子推开老爸书房的门,只见一幅缀着黑纱的老爸的照片挂在当门墙上,她傻眼了,失声大喊:"老爸——"

此时,老妈已是老泪纵横,她走上来紧紧搂着英子,向她讲述了事情的经过。

老妈说:"你爸一年前就查出是肝癌了,可他一直瞒着,连我也不知道。当时你刚上高三,特别迷恋写作,成绩在班上总是中不溜秋,你爸心里着急啊,便有了和你一起考试从而激励你的想法……他病危时,我想让你请假回来看他最后一眼,可你爸就是不同意,说千万别告诉你,学业要紧,等你以后放假回来了再说……"

老妈还没说完,英子早已泣不成声,她扑上去抱着老爸的遗像,久久不愿松手……

(升 华)

(题图:王申生)

吃了豹子胆

都说"老子英雄儿好汉"，不过这事也有例外。

皖南大青山下的石桥镇上有个猎户，名叫丁火旺，是个响当当的汉子，曾经为除掉威逼全村的野猪和恶狼丢了自己的一只眼睛，还瘸了一条腿。村里人只要提起他，没有一个不竖大拇指的。

丁火旺四十多岁才得了个儿子，取名丁好汉。可这丁好汉哪点都不像他老子，人长得弱小不说，还特别胆小，八岁不肯断奶，十五岁的一个半大小子，晚上睡觉还要搂着他娘。

胆小的丁好汉成了丁火旺的一块心病。

丁好汉十八岁那年，眼看着村里那些血气方刚的年轻小伙，一个个都雄赳赳、气昂昂地跨过鸭绿江抗美援朝去了，丁火旺很想把丁好汉送到部队上去练练胆子。

丁火旺找到民兵营长,如此这般一说,谁知民兵营长竟咧着门牙大笑:"你丁火旺参军,部队上肯定欢迎,可你这胆小鬼儿子也能去打仗? 大炮一响,子弹一飞,他不当逃兵才怪呢!"

民兵营长一番话,把丁火旺羞得满脸通红。

可丁火旺不死心:"我儿子胆小不假,可你就看在他爷爷份上,给报个名吧?"

说起丁好汉的爷爷,也就是丁火旺的父亲丁大胆,当地无人不知,更是个响当当的汉子,当年新婚不久就参加了八路军,在一次战斗中用刺刀同时拼杀四个日本鬼子,最后拉响身上的手榴弹,和鬼子同归于尽。县城烈士陵园纪念馆里,有丁大胆的画像,鹰一般的眼睛,又黑又粗的眉毛,铁骨铮铮的一个硬汉。

既然丁火旺提到声名显赫的丁大胆,民兵营长就不得不点头了。

不过民兵营长还是提醒丁火旺说:"兄弟,我把丑话说在前头,你儿子到战场上可不能当逃兵,这不光丢你们老丁家的脸,也丢我们全村人的脸啊!"

"这个自然,这个自然!"丁火旺连连应声。

两天后,丁火旺要领丁好汉去县城医院参加征兵体检,可丁好汉一听说要去当志愿军上战场,说什么也不干。

丁火旺火了,"啪"地丢给丁好汉一根绳子,瞪着眼珠子说:"你不想当兵也行,拿着这绳子到大青山去给我套只狼回来。"

丁好汉吓得两腿直打哆嗦,没办法,只好跟着丁火旺朝县城医院走。

别人家小伙子体检通过了,都兴奋得喜上眉梢,可丁好汉却不然,体检通过后竟拉起个丝瓜脸。回到家里,他一个劲地问丁火旺:"爹,子弹能打多远? 听说打仗一天要跑几百里路? 唉,要是我刚上阵地就有一颗子弹飞来打在腿上该多好,既不伤命,又能从战场上退下来,去医院躺着……"

"你说什么?"丁火旺一听儿子竟说出这种窝囊话来,气得立刻就跳了起来。

他怒目圆睁,"啪"取下挂在墙上的老铳,朝丁好汉吼道:"你这个贪生怕死的东西,你不配是咱老丁家的人,还不如让老子先一枪毙了你,省得到时候你给大伙儿丢人现眼。"

一见丁火旺这阵势,丁好汉吓得哇哇大叫,拔脚就跑到厨房里去,一头抱住了他娘。

妻子眼泪汪汪地对丁火旺说:"你们老丁家已经出了一个烈士,政府又没要咱儿子去当兵,你干吗非要把他往部队上送?你不知道他胆小吗?"

"你给我住口!"丁火旺豹子似的冲妻子咆哮起来,指着儿子吼道,"他叫什么? 丁好汉! 好汉不上战场,难道在家里当缩头乌龟不成?"

那天晚上,丁火旺喝了一瓶高粱烧,趁着蒙蒙夜色,扛着老铳独自上了大青山。他这一去,整整就是三天,等到被人发现的时候,正气息奄奄地躺在山洼里,浑身血迹斑斑,一条胳膊没有了,身边倒着一只梅花豹。

村里人赶紧把丁火旺送到医院。

那天晚上,丁火旺醒了过来,看见守在病床边泪水涟涟的妻子,他第一句话就是:"去,把好汉给我叫来。"

妻子不敢怠慢,紧赶慢赶跑了十几里山路赶到家,把丁好汉领去了医院。

丁好汉一看丁火旺空荡荡的膀子,吓哭了。

丁火旺一皱眉头,吩咐妻子:"去买瓶烧酒来。"

妻子不敢多问,赶紧又照着他的话去做,不一会儿就把烧酒买来了。

丁火旺点点头,用剩下的一只手从怀里掏出一颗亮晶晶的东西,递给妻子,说:"把它浸酒里,让好汉喝下去。"

丁好汉一看:"爹,这是什么?"

"天哪,梅花豹子胆?"妻子惊叫起来。

妻子生在中医世家,从小耳濡目染,她一眼就认出,这翡翠一般碧绿、玉石一般剔透的珍宝是什么。

说起来,大青山上有一种豹子,叫梅花豹,生性特别凶猛刚烈,那豹子胆更是稀世珍品,能滋阴壮阳、延年益寿不说,更奇特的是,传说男人若是吃了它,一生胆气豪壮、雄姿勃发。当年慈禧太后就曾经专门派人到大青山来猎豹取胆,可没能如愿,因为梅花豹在临死前会积聚全身之力发出惊天动地的吼叫,而它的胆也会随之爆裂,一般猎手都不知道这个秘密。

那么,丁火旺是怎么得到这个梅花豹子胆的呢?

原来,他在大青山守了整整三天,一直到第三天下午,才有一只雄性梅花豹下山寻找食物,藏在草丛中的丁火旺立刻瞄准它放了一铳,击中了它的天灵盖,那梅花豹立刻就瞪着两只血红的眼睛朝丁火旺冲过来。丁火旺凭着几十年打猎的经验,和梅花豹周旋着,几个回合之后,梅花豹知道自己难逃一死,正要发出最后一声仰天长啸时,丁火旺一个箭步冲上去,把一只胳膊伸进豹子嘴里,一下就堵住了它的喉咙。梅花豹这时候可难受了,拼命挣扎中就把丁火旺的胳膊给齐刷刷咬断了……最后,丁火旺和梅花豹倒在了一起,不知过了多久,一阵山雨将昏死过去的丁火旺浇醒过来,他便忍痛取出身上的匕首,给梅花豹开膛破肚,这才得到了一颗完好的豹子胆。

瞧着丁火旺毫无血色的脸,妻子心疼得失声痛哭,却被丁火旺的大巴掌捂住了嘴。

丁好汉傻傻地愣在一边,好半天没有说出一句话来。

丁火旺拿过一只搪瓷杯,亲手倒了半杯烧酒,把豹子胆放进去,冲丁好汉大喝一声:"把它喝下去!"

妻子哭着对丁好汉说:"好汉,这是你爹用命拼来的,你喝,把它喝了吧!"

丁好汉站在那里,眼泪"吧嗒吧嗒"直往下掉,他低着头,不说话,也不看爹娘,端起杯子,把这浸润了豹子胆的半杯酒,一口一口地喝了个干净。

第二天,丁好汉穿上崭新的军装,披红戴花地要跟部队出发了,丁火旺用他剩下的那只手拍着儿子的肩膀,说:"别忘了,你叫好汉,你是我们老丁家的好汉!"

在喧闹的锣鼓声中,丁好汉终于离开了他的爹娘,离开了他从小生活的大青山,踏上了抗美援朝、保家卫国的征程。

三个月后,民兵营长领着一班穿军装的人踏进丁家大门,丁火旺见他们手上拿着一件带血迹的棉袄,禁不住浑身一抖。

果然,这些人告诉丁火旺和他妻子,说丁好汉在部队上表现得十分英勇,每次战斗都冲在前面,在最近的一次阻击战中,丁好汉的连队接连打退了敌人十几次冲锋,打到最后,只剩下了丁好汉一个,他毅然拉响最后一颗手榴弹,和敌人同归于尽……

丁火旺默默地听着,他在心里不住地说:"好儿子,不愧是我们老丁家的好汉,和你爷爷当年一个样!"

丁火旺忍了很久,两颗老泪最后还是滚落了下来。

他倒上满满一杯酒,高高举起,对着当初丁好汉出发时部队开拔的方向,说,"儿子,爹敬你一杯!"

不久,在县城烈士陵园的纪念馆里,丁大胆的名字后面,又添上了一个名字:丁好汉。

(黄廷洪)

(题图:安玉民)

招财猫的由来

从前在日本,有一个很有名的家族,世代以染布为业,可是传到少主人越后屋这一代,家族就渐渐衰败下来。因为越后屋不喜欢经商,他整天最喜欢做的两件事,就是赌博和玩猫,他给他最宠爱的一只小猫取名叫小玉。

看到越后屋如此沉湎于玩乐,管家看不下去了,就常常劝他。

可是越后屋一点都听不进管家的话,他说:"我越后屋怎么可能会倒下去?"

要是管家还想说什么,越后屋就搂着小玉说:"哎呀,你就不要再啰唆啦,你没听说过仙鹤报恩的故事?哪天我真要没钱了,叫小玉去给我弄一些来不就是了嘛!对不对啊,小玉?"

小玉在越后屋的怀里"喵喵"叫着,逗得越后屋哈哈大笑。

但事实是,不到两年,这个家族的庞大家业竟就真的倒在了越后屋的手里,债主们一个个上门,到最后,越后屋家里连门啊窗啊什么的都被卸了拿走。

管家劝越后屋说:"少主人啊,您赶快振作起来吧,一切还可以从头开始。"

可越后屋却搂着他的小玉说:"小玉啊,你去想办法给我弄些金币来吧!"

看着越后屋这副样子,管家只得摇头叹气。

可让人惊异的是,越后屋对小玉说完这话之后,奇怪的事情发生了:只见小玉从越后屋的怀里"喵喵"叫了两声,然后就跳下来慢慢走出门去,这一晚谁都没有见到它的影子,可谁知第二天一早,它竟真就衔着一枚金币回来了。

这下可把越后屋高兴坏了,他抱起小玉,乐得眉开眼笑。

管家赶紧趁热打铁对越后屋说:"少主人啊,您就拿这枚金币好好去做一番事情吧!"

越后屋眼珠一转,朝管家点点头:"没问题,这回你看我的。"

管家以为越后屋真就开始努力了,可没想越后屋却拿着金币去了赌场,他想靠这个金币给自己带来好运,但是最后却输了个精光回来。

回到家里,没等管家开口,越后屋就抱起小玉,求它说:"小玉啊,再给我去弄枚金币回来吧,这次我一定会好好利用它,不再去赌了。"

小玉一听,又在越后屋怀里"喵喵"叫了两声,从他怀里跳下来,慢慢走出门去,这一晚又是谁也没有见到它的影子,可是第二天一早,它竟真又衔着一枚金币回来了。

越后屋接过金币就欢天喜地往外跑。哪儿去?他头也不回,还是奔了赌场,可这次依然输了个精光,最后垂头丧气地回来。

越后屋刚进门,管家就慌慌张张地对他说:"少主人,不知道怎么搞的,小玉今儿个一整天都懒懒的,打不起精神。"

越后屋一听,急忙冲进屋,抱起小玉直喊:"小玉,小玉,你怎么了?"

只见小玉这时候慢慢睁开了眼睛,伸出粉红色的舌头舔了越后屋一下,越后屋这才松了口气。

管家在一边皱着眉头说:"少主人,难道您不觉得小玉这两天好像越来越瘦了吗?真是奇怪啊!"

可是越后屋没有理会管家的话,抱起小玉说:"小玉,再去给我弄枚金币来,再一枚就好了,这次我一定会用它来好好做一番事情的。"

这回,小玉看了越后屋一眼没吱声,过了一会儿,它跳到地上,很慢很慢地走出门去。

越后屋心里忽然一个闪念:小玉是去哪里弄金币的呢?如果我悄悄跟着它去,知道了地方的话,以后不就有用不完的金币了?想到这里,他连忙追了出去,远远地尾随着小玉。

只见小玉绕着城边走了好久,还越过了好几条河,最后走进一片树林,在一座庙门前停下来,举起前爪,合十祈祷,嘴里不停地念念有词。

看着小玉如此奇怪的举动,越后屋不禁愕然,赶紧悄悄上前,屏住呼吸,竖起耳朵听。他听到小玉口里在说:"拿走一些手儿,拿走一些脚儿,给我一些金币!拿走一些肚儿,拿走一些毛儿,给我一些金币……"

他发现,随着小玉嘴巴里发出的声音越来越轻,小玉的身子也在越变越小。

越后屋猛然惊醒过来:这金币原来是小玉用自己的身体换来的!他心疼地扑上去大叫起来:"小玉,不要!我不要金币!

我不要金币了啊!"

　　这时候,小玉回过头来看了越后屋一眼,嘴里继续念道:"拿走一些手儿,拿走一些脚儿,给我一些金币! 拿走一些肚儿,拿走一些毛儿,给我一些金币……"

　　但是很快,小玉嘴巴里发出的声音越来越轻,身体也越来越小……最后,当它终于在越后屋眼前完全消失的时候,地上突然出现了三枚亮闪闪的金币。

　　越后屋捧着这三枚金币抱头痛哭:"小玉,你为什么这么傻,为什么这么傻呀……"

　　从此以后,越后屋竟完全像变成另外一个人似的,整天拼命工作,赚到了钱也不再乱花。周围人看了都觉得奇怪,越后屋说:"小玉牺牲它自己来帮助我,我怎么可以再不努力呢?"

　　越后屋这个家族终于就这样又慢慢兴盛起来,而越后屋也总是喜欢在家门前放一尊拿金币的模样儿酷似小玉的雕像。

　　附近的人们都觉得,小玉简直就是越后屋家的招财猫,于是就都跟着做一尊持金币的小猫雕像,放在自己家门口。

(张国强　搜集整理)

(**题图:**箭　中)

这里流行传染病

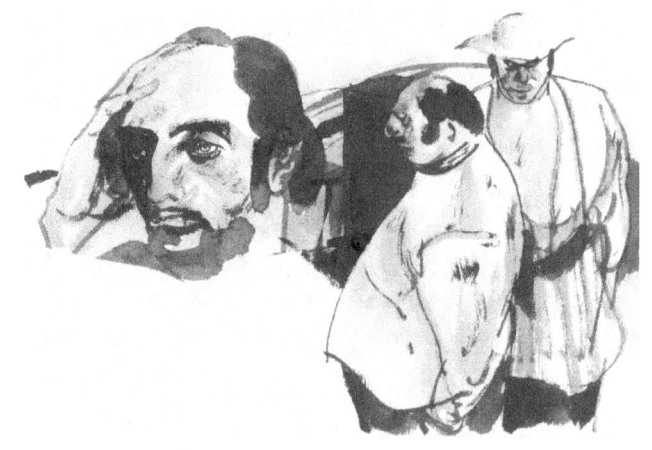

卡迪是个流浪汉，想找份工作，却四处碰壁。

这天，他愁眉苦脸地站在路边报栏前，正想找找报纸上有什么求职广告，一个太太走过，好心地凑上来问他："失业了？"

卡迪无奈地点点头。

"还没吃饭吧？"太太看了他一眼，说，"我告诉你个地方，就在前面拐角处，新开了一家收容所，提供免费食宿，都说挺不错的，快去看看吧。"

太太说得很诚恳，卡迪于是感激地向她道了声谢，然后便朝前面拐角处走去。

那里果然有家收容所，但卡迪刚走到收容所大门口，就被一个看门的老头给拦住了："喂，小伙子，你想进去？"

卡迪点点头。

可老头却对他说:"这里可不是什么好地方,你年纪还这么轻,我劝你别进去。"

卡迪不由愣住了:"不是说,里面管吃管住吗?"

"你这叫什么话?"老头很生气,"我劝你别进去是为你好,这里正在流行传染病,比瘟疫还可怕。小伙子,我是看你身强力壮,才对你说这话,你赶快离开这里,不然会后悔的。"老头边说边从口袋里掏出十美元,递给卡迪,"附近有家运输公司,正在招聘装卸工,你不如去那儿试试。"

卡迪迟疑了一下,吃不准这看门老头是什么意思,不过现在对他来说,能找到一份工作确实比什么都重要,于是他接过老头递来的十美元,按他的指点朝那家运输公司走去。

果然,运输公司正在招聘装卸工,卡迪一去就被录取了,装卸工的活儿虽然苦,但卡迪的生活是没有问题了。

一晃几年过去了,一个偶然的机会,卡迪结识了一个做服装生意的老板,开始跟着他经起商来,渐渐改变了自己的命运。成功后的卡迪没有忘记过去,他时常想起那个收容所的看门老头,感慨没有他或许就没有自己的今天,他想找一个合适的机会去报答他。

机会终于来了!这年,卡迪的服装公司正巧要搬到那家收容所附近去,卡迪让手下人抽空去收容所看看,那看门老头是否还健在,他想把老头请到公司里来,卡迪愿意养他。

很快,手下回来报告说,那看门老头还在,老头名叫威尔逊,是本地一个亿万富翁的父亲,那家收容所其实是他儿子创办的慈善机构,可是这个当父亲的威尔逊却整天守着收容所的大门,千方百计地阻止那些想进收容所的人,尤其是年轻人。

怎么会是这样?卡迪愣住了,早先存在心里的那份对威尔逊的由衷感激,顷刻间化为了乌有,一种被愚弄的愤慨刹那间突然涌上他的心头。卡迪决心好好教训一下这个吝啬的威尔逊，于是便特意让自己公司里的一帮职员扮作乞丐，他带着他们一窝蜂地朝收容所拥去。

果然，威尔逊一看到这么多人来，立刻抬高嗓门大声恐吓说："你们赶快走，这里正在流行传染病。"

可卡迪的嗓门比威尔逊还响："大家别听他的，什么传染病，里面就是地狱，咱们也要进去！"

威尔逊被卡迪这么一说，傻眼了。

从此以后，只要有时间，卡迪就会领着人装扮成乞丐，拥进收容所里去大吃一顿。虽然不是什么山珍海味，但不花钱就能吃饱饭，有时还能喝上一点酒，感觉自然不同。

不过没多久，卡迪的恶作剧终于被威尔逊意识到了，威尔逊突然变得沉默起来，并且一改以往的态度，对卡迪他们的到来不闻不问。这一来，卡迪反倒觉得没了趣，后来也就打消了继续捉弄的念头，一心一意投入到自己公司的业务运作中去。

不料，天有不测风云，卡迪不久竟在生意场上跌进了陷阱，短短几天，就从一个拥有百万资产的富翁变成了一文不名的穷光蛋，而且还背上了沉重的债务。卡迪的精神一下子崩溃了，他买了一把手枪，决定自杀。

可谁知就在这时候，那个曾经救了他、后来又被他捉弄过的收容所看门老头威尔逊，突然就像从地底下冒出来似的，站在了卡迪的面前。威尔逊笑着对卡迪说："小伙子，你不介意我此刻来打搅你吧？怎么样，愿意跟我合作吗？"

卡迪这时候只想一个人悄悄结束自己的生命，对威尔逊的话根本不感兴趣。他揶揄地说："你一定是听说我已经破产了，想赶来阻止我到收容所去吧？"

威尔逊摇摇头："收容所实在不是你该去的地方。"

"那你是什么意思？"卡迪有些惊讶。

"很简单,"威尔逊伸出手指头,做了一个拉钩的手势,"我愿意与你合作。"

卡迪两只眼睛一眨不眨地盯着威尔逊,猜不透他这是什么意思,但他突然产生了一种想活下去的念头,他放下手枪,与威尔逊做了一个拉钩的手势。

于是,两人便签下了合约。不过威尔逊提出的合作条件很苛刻:威尔逊为卡迪的公司注入合作资金,但今后公司百分之六十的收入都要归他威尔逊所有。这其实是一种变相的高利贷,但卡迪却非常珍惜这个机会,他忘我地投入到公司的经营中去,一年以后就还清了贷款,还有了属于自己的流动资金。

想想当初自己险些走上绝路,卡迪十分感慨,虽然他觉得威尔逊过于精明,但卡迪还是很感激他。卡迪再一次来到收容所,想专程向威尔逊表示心中的谢意,可这时候威尔逊却不在了,看门的已经换成了一个长了一脸络腮胡子的中年人。

卡迪不由问道:"请问,威尔逊先生在哪里?"

"啊,您是卡迪先生吧?"中年人很有礼貌地向卡迪点点头,语气显得有点沉重,"威尔逊先生已经永远离开我们了,他的葬礼是在一个星期前举行的。"

"什么?您……您是说他去世了?"卡迪惊讶地瞪大了眼睛。

"是的,"中年人把卡迪请进收容所,打开保险柜,从里面取出一份文件递给他,"威尔逊先生去世前有过交待,说您很快就会来找他的,他请您在你们合同期满后,把他应得的那部分钱汇到这个地址和账户上。"

"这个老家伙!"卡迪忍不住在心里骂了威尔逊一句。

他接过纸条,朝上面扫了一眼,发现写在上面的地址,竟是城里一个著名慈善机构的名称,而且在捐款用途一栏内还特别注明:此款仅限应用于医疗研究。

"这不可能,"卡迪几乎要跳起来,"这个吝啬的家伙怎么会舍得把钱捐给慈善机构?"

"卡迪先生,请不要用'吝啬'这个字眼污辱威尔逊先生。"中年人很不高兴地板起面孔,对卡迪说,"要知道,威尔逊先生从来就不是一个吝啬的人。"

"是吗?哈哈哈哈!"卡迪一听,大笑起来,"难道那个老家伙临死前没有教你怎么守住这扇大门,怎么用恐吓的方法阻止那些想进入收容所里的人吗?"

"说过。"中年人冷冷地回答道。

"这就对了,"卡迪说,"'这里流行传染病',是吧?这是他最喜欢说的话。尊敬的先生,您能告诉我,里面到底流行的是什么样的传染病吗?"

"当然可以,"中年人说,"威尔逊先生说过,这里流行的传染病就是贫穷,永久的贫穷。"

"什么?"卡迪闻得此言浑身一怔,仿佛一个惊雷从他头顶滚过,他想说点什么,却一句话也说不出来。

"卡迪先生,"中年人严肃地说,"威尔逊先生早年曾经是个流浪汉,在一家收容所里呆了将近二十年。他说,要不是因为发生了一场大火,也许他会在那里呆一辈子,也就不会有后来的娶妻生子。他根据自己的经历,认为应该取缔像收容所一类的慈善机构,因为那个地方会使人意志消沉,懒散成性。可是威尔逊先生的这种想法,却与大多数人的意见相反,就连他的富翁儿子也不赞成。他拗不过儿子,又固守自己的想法,于是就天天跑来看大门……"

世上竟有这样的人?卡迪先生不信,可又不得不信。

他心头一热,忍不住对中年人说:"威尔逊先生的墓地在哪里?请告诉我,我要去拜祭他。"

(王　晖)

(题图:箭　中)

天 生 我 才

每一朵花儿都有盛开的权利，每一个生命都有绚烂的理由，我们需要的仅仅是不懈的坚持和坚定的信念。

吴用改名

北宋嘉祐年间,在山东济州郓城县吴家庄,有一个不算太贫寒的吴姓人家,生了一个相貌不算难看但很愚笨的男孩,名叫吴用。

吴用长到十一二岁了,还是啥事儿不懂。父亲把他送到学堂去念书,指望他以后能有点儿长进,可他上学堂就像熊瞎子掰苞米边嚼边扔,学了今天的忘了昨天的,老师气得常常说他:"也不知你爹为啥要给你起这屁名字,生你这样的儿子有什么用?"

吴用每次一听老师这么说,心里就很难过,老师说的次数多了,他就怀疑:是不是真的因为我的名字不好,所以才这么笨?他决定去拜访起名高手,给自己改个好名字。

经过打听,吴用得知东京城里有个"酿名室"非常有名,当今皇上的乳名就是这个酿名室里的老学究给起的,他于是特地选了个好日子,打点行装往东京赶去。

半路上经过一个小镇时,吴用觉得肚子饿了,就走进一家饭馆吃饭。他刚坐下,突然听到门外传来一阵哭声,跑出去一看,只见一支送葬队伍正从饭馆门前经过,队伍里,两个汉子抬着一口很小的棺材,一位年轻妇女穿着一身孝服,跟在后面哭得死去活来,嘴里不停地喊着:"我的寿儿啊,我的寿儿!"看这样子,躺在棺材里的可能是个孩子,这年轻妇女是孩子的母亲。

这时候,饭馆门口围上来不少看客,吴用果然听到有人指着队伍里的年轻妇女在议论:"这不就是北街卖豆腐的那个李寡妇吗?"

立刻有人说:"就是她。唉,真可怜,是个苦命女人啊!她男人前几年欠了不少赌债,老不还人家,结果在赌场上被人活活打死;她大儿子叫长命,二十岁不到就生病死了;这回死的是她小儿子,叫是叫的长寿,可昨天下河洗澡竟一去不回,听说还不到十岁呢!"

吴用一听这话,真是惊讶不已:这么好的名字,一个叫长命,一个叫长寿,可怎么都早早死了呢? 一个人的名字到底和他的命运有没有关系?

吴用心里不禁疑惑起来,也忘了自己还饿着肚子,饭也没吃就继续朝东京城走,一边走一边想,却怎么也没想出个答案来。唉,还是到城里去听听人家起名高手是怎么说的吧!

吴用一路风尘仆仆紧赶慢赶,终于来到了东京,他一下就被城里繁华和热闹的景象给震惊住了,想想自己过去在那个偏僻的小山村,一辈子啥也见不到,真是活得没意思。

吴用心里正不住地感慨,突然有人撞了他一下,他抬头一看,见那人神色有些慌张,一溜就朝前窜去,不由心头一惊,一摸,这才发觉自己兜里装银子的钱袋没了。

吴用心里又气又急,三步两步追上去,一把拽住了这个小偷。

小偷见逃不走了,只好把钱袋还给吴用,跪在地上说:"我不是小偷,实在是因为爹娘和妻儿都病在床上,又没钱看,一家人没法子活了呀!"

吴用虽说没什么本事,可他生性善良,听了小偷这番话就想帮一把,给他一些银子,却又怕他说假话,于是便提出要跟他回家去看看。一看,果然见人家老的老、小的小,都病快快地躺在床上,就赶紧从钱袋里拿出一些银子递了过去。

那人的爹娘可感动了,爹一边挣扎着要从床上下来,一边喊他儿子:"钱多,快,快跪下给恩人磕头。"

吴用一听老人这声喊,顿时愣住了,惊异地问:"你儿子叫钱多?"

老人点点头。

这一来,吴用就更想不明白了:为啥叫长命、长寿的人,却偏偏早死? 为啥叫钱多的人,又偏偏没钱呢?

从这户人家出来,吴用看看天色已晚,估计就是找到酿名室,那几个起名的老学究也得回家了,于是便找了家客店住下,准备第二天再去拜访。

当晚,吴用早早上了床,可翻来覆去睡不着,心里老想着长命、长寿和钱多这几个人。

就在这时候,突然楼下传来一阵吵闹声,吴用走出房来向楼下一望,见客店掌柜正抡着木棍在打一个伙计,那伙计被打得满地翻滚,哭爹喊娘地讨饶不止。吴用不忍心再看下去,回到房里重重地叹了一声:"这世道,人怎么这么狠哪?"

第二天早上,一个伙计来给吴用送洗脸水,吴用见他脸上、手上到处都是棍伤,同情地问:"昨晚挨打的是你?"

伙计毕恭毕敬地站在那里,苦笑着不敢多言。

吴用脑子里突然一个闪念,问他:"你叫啥名字?"

伙计迟疑着,回答说:"小的……小的叫……福贵。"

"福贵?"吴用正用双手捧起盆里的清水,还没撩到脸上,就一下愣住了,"你叫福贵?福气的'福',尊贵的'贵'?"

"是……正是。"

吴用一听,不由仰天长叹,吃罢早饭,就踏上了回老家的路。他心说:"我还要去拜访什么酿名室呢?我还要寻找什么答案呢?事情不是明摆在这儿的吗?"

从此,吴用再也不相信人的命运会与名字有关,再也不去想改名的事儿了,他开始努力念书,后来终于头脑开窍,人变得极其聪明,不但学富五车,还做起了梁山好汉的军师,流芳千古。

(冰　夫)

(**题图**:黄全昌)

体育课

　　马林是镇小学新来的体育老师，到任后不久，他就发现四年级三班有一个特别的孩子，叫杨灿，腿有残疾，呈严重的 0 字形，走起路来一摇一晃的。

　　说起这个杨灿，因为以前的体育老师一直不准他上体育课，所以每次只要上课铃声一响，他就会独自坐在操场一角，干看着同学们在那里鲜蹦活跳。久而久之，原本活泼好动的杨灿就变得越来越不爱说话了，还经常趁同学们不注意的时候，去捡来小石子丢在操场一侧的跑道上，好几个同学都因此崴了脚。

　　校方对此很是头痛，教育不过来，开除又不忍心，真是进退两难。

　　这天晚上，马林夜访来到杨灿家，杨灿一看马林来了，一句话没说,扭头就进了里屋。

杨灿的爸爸妈妈得知来的是孩子学校里的老师,又是倒茶又是上烟,杨灿妈妈还赶紧拿出花生在大锅里炒起来,要招待马林。

马林见此灵机一动,朝里屋喊道:"阿灿呀,你妈炒的花生快熟了,真香呀,你不出来一起吃点儿?"

你别说,这招还真奏效,杨灿的脑袋立刻从里屋门缝里钻了出来。

马林趁热打铁,赶紧凑过去说:"阿灿,今天老师给你出道题,你肯定答不上来。"

杨灿到底是孩子,被马林这一激,立刻从里屋跳出来,说:"马老师,你小看人,你快说,我保证能回答出来。"

马林于是捡起一颗刚才杨灿妈妈不小心落在地上的花生,问杨灿:"你说,这颗花生与妈妈正在炒的那一锅花生,有什么不同呀?"

杨灿笑了,快嘴快舌地回答说:"这还要问,这一颗少,那一锅多呗!"

马林摇摇头,拉长声调说:"错——"

杨灿想了想,又说:"那就是:这颗小,锅里肯定有比它大的。"

马林还是摇头:"错——"

杨灿有点愣了:"莫非……这颗是生的,那锅里都已经快要被炒熟了?"

"不对——你还是说错啦!"马林望着杨灿,狡黠地笑着。

这下杨灿抓了抓头皮,再也答不上来了。

马林不由拉过杨灿的手,说:"你摸摸这颗花生,再去摸摸那正在锅里炒的,就知道它们不一样在哪里了。"

杨灿立刻照马林的话去摸,这一摸,他兴奋地大叫起来:"知道了,马老师,我知道了,它们一个是凉的,一个是热的。"

……

话说第二天,四年级三班的体育课马上就要开始了,同学们都已经来到操场上,排成了一行,而杨灿呢,照例又去角落里干坐下来。

但是今天不同了,马林走到杨灿身边,蹲下身来对他说:"阿灿,还记得昨天老师在你家里时,给你出的那道题吗?"

杨灿不知道马林现在问他这话是什么意思,他惊讶地看着马林。

马林用力拍拍他的肩膀,指指同学们的队伍,说:"阿灿,如果你想做一颗热花生,就到那边大锅里去炒一炒吧!"说完,便起身向同学们走去。

看着马林的背影,杨灿惊呆了。突然,他发现这时候几乎所有同学的眼睛都在看着他,这一刹那,他只觉得浑身一热,猛地就站了起来,一摇一晃地朝同学们走去,排在了队伍的末尾。

看着眼前这个情景,马林笑了,他朝同学们招招手,让他们聚拢过来,随后就从身边一个球筐里倒出很多球来,问大家:"同学们,这是什么?"

这还不认识? 同学们乐得大笑起来,几乎是异口同声地回答:"足球!"

"对了,这是足球。很好!"马林一边说着,一边又从这些足球中挑出一个表皮掉了一块的,"老师再问一下,这又是什么?"

"破足球!""坏足球!""废足球!"同学们叽叽喳喳地回答。

马林没说话,"啪"将这球一脚踢向空中,然后拍拍手,对同学们说:"大家可别小看这个掉了一块皮的足球,只要给它力量,它照样能腾空而起。大家说,是不是这个道理?"

一时间,操场上鸦雀无声,不知怎么,同学们都悄悄把眼光投向了杨灿,而杨灿自己也好像从马老师的话里悟出了什么。

可马林却装作什么也没看见,他一挥手,对同学们说:"好了,现在我们开始正式上课。今天上课的内容是趣味短跑赛,动作要求是双脚向内撇,看谁先跑到终点,这也是我们这个班今后体育课的保留项目。"

同学们显然都被马老师的话逗乐了,立刻一字排开,摆好姿势,马林一声令下,大家就争先恐后地跑了起来。

同学们一路跑一路笑,恰好经过操场的校长,也被这个场面吸引住了。

同学们年龄虽小,可懂事儿了,事后一想,马老师为什么要在体育课上组织这样的比赛呀?他们立刻就明白了马老师的用意,班里的一些男同学于是就争先恐后地抢着将杨灿托起,在操场上转起了圈,嘴里还高喊着:"杨灿,好样儿的!杨灿,了不起!"

杨灿两只手不停地挥舞着,脸上第一次露出了灿烂的笑容,还淌下了激动的泪水。他心里喊着:"放心吧,马老师,我一定会加倍努力的!"

(建　霖)
(题图:箭　中)

拿什么报答你 我的恩人

辣婶是小区里出名的厉害女人,这天她丈夫的父亲,也就是她的公爹,千里迢迢从乡下老家进城来看他们,她怕老人赖在城里不走,居然蛮横无理地不让老人进门。最后没办法,她丈夫只好含泪把老父亲安排到附近招待所去住了两天,就送上了回老家的火车。

公爹前脚刚走,辣婶后脚就往菜市场跑。为啥?公爹在的时候,辣婶怕丈夫把自己烧的菜拿去给公爹吃,所以一点荤腥也不沾,现在公爹走了,可以好好改善改善家里的伙食了。

辣婶在菜市场兜了一圈,买了一大篮海鲜鱼肉,正要往家走的时候,忽然听见有个人在后面喊她:"大婶,等一下。"

辣婶回头一看,是个不认识的年轻人,她以为自己搞错了,谁知那年轻人却冲她说:"大婶,我就是在喊你哪!"

辣婶细细一打量,那年轻人西装革履,穿着挺讲究,手里还提着一个黑色的皮箱,一看就是个有钱的主儿。她想想自己没有这样富贵的亲戚呀,不由惊讶地问:"你找我?"

那人的神情更惊讶:"你不认识我了? 我是韩彬呀!"

辣婶摇摇头。

年轻人说:"大婶,五年前,也是在这附近,你忘了? 还是个下雪天,那雪下得纷纷扬扬,把脚脖子都埋了,我饿昏在路边,是你塞给我二十块钱,还给了我一件棉袄……"

辣婶从来没有做过这样的好事,所以她明白一定是这年轻人认错了。不过辣婶是个聪明人,她看出来这个年轻人是在找当年的救命恩人,而且还误以为就是她辣婶,于是脑子一转,就说:"这有什么呀,不就是二十块钱嘛,谁没有作难的时候?"

年轻人果然就激动起来,说:"不不不,当初就是大婶你那二十块钱和那件棉袄救了我的命。古人说'滴水之恩当涌泉相报',大婶,我现在好了,事业做大了,这次我就是专门来找大婶你报恩的……"

年轻人表示,无论如何要到辣婶家里去看一看。

辣婶想想自己现在已经下岗不说,丈夫也就是个一般的小工人,儿子才刚刚进中学,如果顺水推舟认了这件事,说不定以后家里能靠他翻个身儿。望着年轻人手里沉甸甸的皮箱,辣婶心里一动,于是就把年轻人领回了家。

年轻人报恩心切,刚到辣婶家门口,一看门牌号码,就马上给他在宾馆等候的妻子打电话,让妻子马上到电脑城去给辣婶的儿子买台电脑,然后按着辣婶家的门牌号码送过来。

辣婶一听,心里吓了一跳,不禁有些害怕,可再想想,自己又没拐没骗,这个礼不要白不要,于是客气了几句,就把年轻人请进了家。

年轻人进门就把皮箱打开了，原来是一箱子的好烟好酒。

他问辣婶："我大叔呢？家里没人？"

辣婶说："他呀，没什么出息，一个工人，上班呗，今儿是大班，他中午不回来，儿子上学去了。"

年轻人听了这话就四处看。

突然他脸色说变就变了，一把将辣婶推到墙边，凶巴巴地说："你他妈尽想好事，哪有那么多便宜让你占？你以为老子昏了头，非要给你送礼？你什么时候救过老子的命，啊？"他一边说，一边拔出刀子横在辣婶的脖子上。

辣婶惊呆了，吓傻了，这才知道自己上当受骗，遇上上门打劫的了，心里真是一百个懊恼呀！

年轻人问辣婶："快说，钱放在什么地方？你要耍滑头，老子这刀可不认人！"

辣婶哪见过这样的阵势，吓得浑身发抖，战战兢兢地说："兄……兄弟，要钱好说，我给，我给，别伤人就行……"也不等年轻人再逼问，她一边求饶，一边就把自家平时放钱的地方告诉了他。

年轻人从口袋里掏出根绳子，三下两下就把辣婶绑了起来。此刻，辣婶真是后悔死自己贪图小利落到这个地步，只觉得那把横在脖子上的刀就像在一刀一刀割着自己的心。

可奇怪的是，这个年轻人并没有按辣婶的指点翻找钱物，而是在她家里继续四处看。

突然，他指着一张褪了色的照片问辣婶："他是你爹？"

辣婶摇摇头："亲戚。"

"亲戚？"年轻人脸一沉，"他是你亲戚？"

辣婶一愣："是亲戚。"

年轻人仰天长叹一声："他是个好人哪，救我命的人就是他啊！"

辣婶一听,大叫起来:"啊?你们认识?他是我公爹啊!"

原来,这个辣婶平时挺虚荣,嫌公爹又老又穷,早些年公爹偶尔还来她家小住的时候,她见了外人就说公爹是她丈夫老家的亲戚。平时说惯了,现在自然就说顺了嘴。

年轻人狠狠瞪辣婶一眼:"你居然敢不认你公爹?你还是人吗?简直是狗屁!"

辣婶知道自己理亏,低着头不吱声。

年轻人越想越生气,不由骂开了:"你嫌他丑、嫌他土是不是?哼,你自己是什么东西,也配这样说他?你知道吗,我快冻死的时候,就是他把自己身上的棉袄脱下来暖我的身子,就是他东拼西凑给了我二十块钱,让我度过了最困难的日子。他是天底下最好的人,最好的人哪!"年轻人说到这里,一把拉住辣婶的衣领子,"你给老子说实话,他现在到底在什么地方?要有一句假话,当心老子活剐了你!"

辣婶吓得浑身发抖,只好一五一十把自己这回不让公爹进门的事说了。

年轻人一听,急得直跳脚:"你有老人电话号码吗?打,你给我赶快打电话给他。"

辣婶很快就把老家的电话拨通了。

年轻人对着话筒只喊了一声:"大爷!"就泪流满面地跪了下来,他在电话里向老人问寒问暖问长问短,问了好一会儿,才依依不舍地放下电话,转过身来要走。

辣婶想想自己确实对老人做下了亏心事,所以也不敢再说什么,见年轻人要走,就赶紧指着那只皮箱说:"你的东西,你拿走吧。"

年轻人不肯:"这些东西都是干净的,就麻烦大婶转送给大爷吧,拜托了!"说完,他三下两下把辣婶解了绑,然后就头也不回地走了。

辣婶不放心,怕箱子里还有什么花头,待年轻人一走,就马上仔细检查起来。结果发现,里面除了好烟好酒外,还有一大沓钱,还附了一张纸条。

纸条上这样写着:

大婶,我是专门来报大爷恩的,好不容易找到你们家,听邻居说你刚把大爷赶走,我很难受。大爷心好,对我这样一个路人尚且如此,可以想象他是怎么对待你和大叔的,他不该得到这样的回报啊!找不到大爷,我就出此下策,惊着你了,其实这也是我不愿意看到的。我以前就是这样一个贼,是大爷救了我,我才走上正道,才有今天的。贼也知道报恩,况且你和大哥是堂堂正正的人啊,生养之恩更应终生报答!

辣婶看得面红耳赤……

(文兴传)

(**题图**:安玉民)

鞭

策

  刘宏建上任光辉高级中学校长还不到一个星期,这天,教育局李局长到学校来,说是有件事要刘宏建办一办。

  刘宏建说:"李局长,有什么事您尽管吩咐。"

  "这个考生你们学校研究研究,是不是给收下试试?"李局长边说边从手提包里拿出一张纸条,递给刘宏建。

  刘宏建打开一看,上面写着:马林林,语文88,英语92,数学16。他不禁皱起了眉头:数学考分这么低,进来后能跟得上大家? 三年后高考,岂不直接影响学校升学率? 他不由为难起来:"李局长,这学生对数学一窍不通啊!"

  李局长说:"其他功课不错,让他试试。"

  这么差的考生,老局长亲自出面说情,一定有什么来头。

可是依刘宏建的教学经验,数学成绩差到这种地步,三年之内要跟上大家其实很难。若是现在收下他,三年后毕不了业或是考不进大学,到时候学校岂不更加被动?自己怎么向老局长交待?

刘宏建试探着轻声问:"李局长,这个考生与你什么关系?"如果不是与李局长有很直接的关系,刘宏建想劝李局长把这个学生退了。

可谁知李局长听刘宏建这么问一愣,说:"你怎么会这么想?"

可能是他看出了刘宏建的心思,又开口道:"这样吧,能不能让他试读三个月,实在跟不上的话再退?"

李局长话说到这份上,刘宏建只好把这个叫马林林的学生材料接了下来。可是这天晚上躺在床上,刘宏建怎么也睡不着,想想把马林林这么低分数收进来,还不知道他整体素质怎么样,能不能在三年时间里发奋学习赶上大家,如若不行今后怎么说都会影响学校声誉,无论放到哪个班级,老师都会怪他这个当校长的。

刘宏建决定尽快了解马林林的情况,顺便搞清楚他到底与李局长是什么关系,可以有的放矢地采取下一步措施。

按照材料上提供的地址,刘宏建好不容易找到了马林林的家。这是坐落在城郊的一个小渔村,马林林黑脸大眼,他父亲的皮肤更是黑得发亮,一看就是日晒雨淋的打鱼世家。刘宏建进屋说是学校来的,父子俩立刻端凳倒茶。

父亲对刘宏建说:"林林考砸了,你们还这么关心?"看样子,他还不知道学校要收下马林林的事。

刘宏建便直截了当地问:"李局长来过吗?"

父亲眨巴着眼睛:"哪个李局长?我们不认识呀,局长怎么会到我们家来?"

　　听口气,李局长与马家似乎并没有什么关系,那他为什么会对一个普通考生这么关心?刘宏建有些不解。

　　刘宏建想了想,便问马林林:"你今后怎么打算?"

　　马林林低着头,一脸茫然。

　　父亲叹了口气,说:"村里人都指望我们小渔村今后能出个大学生,谁知考数学那天,林林高烧发得坐也坐不住,一出考场就往医院送。命中八尺,难求一丈,唉,孩子不是读书的命,只能跟我吃捕鱼这口饭了啊!"

　　原来是一次偶然的病,就轻易把一个渔家孩子的梦破灭了,知道这一层,刘宏建心里不免沉甸甸的。他脑子一转:反正李局长已经有指示,我今天索性现场考考马林林,看看他数学到底学得怎么样。

　　正好,刘宏建包里有一份今年中考的考卷副本,他对马林林说:"马林林,你能不能重新再考一次数学?"

　　马林林的眼睛里一下子放出光来,惊喜地叫着:"老师,重考?什么时候?"

　　"现在!"

　　父亲感激得不知说什么好,学校老师寻上门来重考,这是想都不敢想的事,他不住地问:"老师,这是真的吗?真的吗?"

　　这声音,就像锤子一样敲着刘宏建的心,他心里顿时感慨不已:自己只是一次普通的家访,来了解考生的情况,竟让他们一家人如此感激涕零。他当即把试卷从包里拿出来,计算好时间,让马林林做……

　　从开始到结束,刘宏建一看表,马林林比规定时间提前了二十分钟交卷。刘宏建索性当场阅卷,批下来,92分。

　　这孩子原来竟是一个优秀生,一棵好苗苗!

　　父亲立刻叫来村长作陪,一定要盛情招待刘宏建。而刘宏建则坚决推托,他赶回学校后立即召开校委会,大家听他把前后情况一说,意见非常一致,决定马上给马林林补发录取通知书。

谁想通知书发出的第二天傍晚,小渔村的村长竟带了一大帮渔民敲锣打鼓地来学校,这些世世代代以打鱼为生的渔民,听说学校对他们的子女这么认真负责,都要来表表心意。

马林林的父亲直到这时候才知道,昨天去他们家的老师竟就是这个学校的校长。他激动地对刘宏建说:"刘校长,你为我儿子的事亲自上门,留你吃饭都不肯,这让我们怎么谢你呀?"

村长的嗓门还要响:"刘校长,你们真正是陶行知先生再世啊!"

他一声喝令,立刻有两个渔民抬了一块匾上来,刘宏建一看,上面写着:捧着一颗心来,不带半根草去。

刘宏建的脸一下子红了,心里愧疚得不行。他原来还怀疑李局长和马家有什么沾亲带故的关系,后来才知道,其实李局长那天是在例行的考卷抽查时,从全县几千份考卷中发现马林林这种悬殊考分情况的,凭多年的工作经验,在纪律允许的范围内,他把这个考生的材料推荐给了刘宏建。这得要多大的责任心哪!李局长才是真正对考生负责的园丁啊,刘宏建觉得这块匾应该给李局长送去。

正巧就在这个时候,李局长来了,一见刘宏建就夸他做得好,说:"刘校长,你真是好样儿的,办事这么认真负责,亲自去考生家里。"

刘宏建被李局长夸得脸上一阵阵发烧,正要说什么,还没开口,李局长就乐呵呵地抢先道:"刘校长,我们都是园丁,都是育苗人,捧着一颗心来,不带半根草去。渔村百姓给我们送这样的匾,是他们的心声,也是他们的希望,这匾挂在学校里,是对我们真正的鞭策啊!"

(张长公)

(题图:安玉民)

瘦身水饺

　　范春丽是个下岗女工,这段时间她都快愁死了。为啥?从大半年前下岗到现在,她一直没找到工作,家里那只钱袋子只出不进,再这样下去怎么得了?

　　这天范春丽又跑了趟劳务市场,还是没找到合适的工作,只好回家。她边走边想心事,不知不觉到了家门口,刚把钥匙插进锁孔,门就开了,原来是女儿小曼来为妈妈开的门。

　　心里正烦着的范春丽立刻朝小曼嚷嚷起来:"教你多少遍了,开门之前一定要问清楚是谁,你问都不问就开门,不怕坏人闯进来?我要怎么教你才学得会?唉,养你这种孩子有什么用啊?"

　　小曼突然被妈妈这么猛训一顿,立刻就委屈地哭了起来,说："我知道是你回来才开的门啊,你又不是大灰狼。"

小曼姥姥闻讯赶紧从房里走出来,哄小曼说："谁说我家小曼没用? 拿孩子撒气的人才没用哩! 来,小曼,别哭,陪姥姥包饺子去,姥姥教你包好吃的饺子。"

小曼一听姥姥的话,这才哭脸变成了笑脸,拉着姥姥的手蹦蹦跳跳地去了厨房。

小曼是个发育迟缓的孩子,已经七岁了,智力却只有三岁孩子的水平。小曼爸爸因为无法接受这个残酷的事实,两年前就和范春丽离了婚,连小曼的抚养费也总是拖着迟迟不给,偏偏智障学校收费还挺高,面对这一切,让下了岗的范春丽怎么会心里不烦呢?

此刻,范春丽看着母亲乐呵呵地在厨房里教小曼包饺子,眼睛不由就湿了,心里非常感慨,要不是母亲一直在身边帮着,她真不知道自己还能不能把这个家撑下去。

范春丽正这么酸酸地想着,小曼突然从厨房里跑出来,拉着她说："妈妈,来,快来看我包的饺子! 妈妈,我会包饺子啦,我有用了!"

范春丽跟着小曼走进厨房,凑上去一看,乐了："小曼,你这包的啥饺子啊,馅这样少,说是馄饨吧,馄饨又没这么厚的皮,你这是短了斤两的饺子,谁吃谁亏大喽!"

原来,小曼手小,动作又不协调,她放的馅很少,把饺子皮对折了费劲地按,好容易才包成一个,模样儿扁扁瘦瘦的,瞧上去怪模怪样。

可是姥姥却给小曼打气："小曼,别听你妈的,你给姥姥包,姥姥吃了你包的饺子一定有福气! 姥姥年纪大了,血压高,血脂高,馅多油重可不行,你这种馅少的饺子给姥姥吃正好!"

听姥姥这么一说,小曼立刻拍起手来："包饺子喽! 小曼包姥姥吃的饺子喽!"

在姥姥的鼓励下,这天小曼一口气包了十几个饺子,出锅后,姥姥真就把它们统统盛在一个碗里。小曼开心得又蹦又跳,而姥姥呢,吃一个夸一个,一边吃一边夸:"真好吃,真好吃,我们小曼真能干!"

看母亲故意吃得津津有味的样子,范春丽感动得直擦眼泪。

小曼被姥姥这么一夸奖,兴致可高了,于是就天天嚷着要包饺子,姥姥便由着她,每天都和馅、擀皮,让她学着包。

不久,到了国庆长假,范春丽的妹妹范秋丽来,正赶上吃小曼包的饺子,她只吃了一口就惊叫起来:"小曼,你什么时候学会包这么好吃的饺子了?小曼,你可真能干!来,让小姨亲一个!过会儿你再给小姨包点,小姨要带回家去吃。"

范春丽立刻白妹妹一眼:"秋丽,你凑啥热闹啊?"

范秋丽却认真地说:"姐,这种饺子真的挺适合我吃的呀,现在时兴瘦身,可我又管不住自个嘴巴,这饺子又饱肚又有肉味,还不腻口,真的挺好。姐,小曼包不了这么多,这几天你就按着这样子给我包点吧?"

小曼一听不乐意了:"小姨,不要妈妈包,不要妈妈包,我给你包,好不好?好不好嘛?"

范秋丽把小曼搂在怀里,连连点头说:"好好好,小姨就爱吃小曼包的饺子呀!"

那天范秋丽回家的时候,真就带了满满一盒小曼包的饺子。

这还不算,过了两天,范秋丽打电话来了,对范春丽说:"姐,我把小曼包的饺子带到单位去,我那些小姐妹都喜欢吃,大家商量好了,想用这种饺子当午餐,你每个星期给我们送三次,钱按市面上的标准给,行不?"

范春丽听了心里一热,说:"秋丽,我知道你想帮我,可不能把单位里的同事都拉上啊!"

范秋丽说:"姐,你瞎说个啥呀,我只不过是把小曼包的饺子给她们每人都尝了一个,她们是真的都喜欢,才跟你订的。"

范秋丽单位里有好几十位女职工,她们这一订,可就是几十份哪!

范春丽放下电话,心里可高兴了,赶紧奔到母亲房里告诉好消息,然后叫来小曼,说:"小曼,小姨单位里的阿姨都要吃你包的饺子,来,你快教会妈妈,妈妈和你一起包!"

小曼一听,兴奋地说:"妈妈,我教你包饺子,那我就是老师了,是吗? 我是小曼老师,是不是?"

"是呀! 是呀!"范春丽不住地点头,脸上的愁云早已散尽。

一家三口立刻忙碌起来,小曼一边包着饺子,一边小嘴里哼着歌,虽然听不清词句,但范春丽听出小曼哼的是那首《世上只有妈妈好》。她再也忍不住自己的泪水,一把搂住小曼说:"宝贝,从今天开始,妈妈和你一起包饺子,等赚了钱,妈妈送你去读书!"

为了把送饺子这件事做好,范春丽动脑筋在饺子馅里加了一些清淡味儿的料,除了给秋丽单位送,还到附近写字楼里去推销,果然很受欢迎,尤其是那些女士,纷纷把它作为自己的工作午餐。这一来,水饺的配送量就越来越大,范春丽虽然从早忙到晚,可舒心的笑容成天洋溢在脸上。

小曼见妈妈开心,自己更开心了,每天大半夜的就跑到姥姥房里去喊姥姥发面、和馅,每天从早到晚包饺子,小小年纪一点不知道累。

这天晚上,范春丽刚躺下,小曼就抱着枕头跑过来躺在妈妈身边,悄悄问:"妈妈,小曼现在是不是有用了?"

范春丽一听,眼泪"哗"地就下来了,搂着小曼说:"有用了! 我的小曼有用了!"

第二天,范春丽到工商局去,申请给小曼包的饺子注册商标,取名叫"瘦身水饺"。后来,在妹妹范秋丽的帮助下,范春丽还建立了自己的网页,讲述小曼和瘦身水饺的故事,并开设瘦身水饺网上征订业务。

再后来,小曼终于进了智障学校。

范春丽又通过学校招聘智障学校的毕业生,像姥姥教小曼一样,耐心地教他们包饺子,每月给他们发工资,带他们一起来做瘦身水饺的配送业务。

看着这些孩子和小曼一起,每天开开心心地跟着自己包饺子,范春丽仿佛看到了他们美好的未来。

(陶　琦)

(**题图**:谭海彦)

教你活得好

　　查利一家在村里是数得上的贫寒之家,他们有九个子女,一小块贫瘠的土地和四间矮矮的小屋。

　　这年春天里的一天,查利突然得病去世了,查利夫人想起查利前几天曾经卖过一些玉米给村里的乡绅杜恩,钱还没有拿回来,于是就叫十六岁的长子约翰上杜恩家去要。她对约翰说:"孩子,往后家庭的重担就落在你肩上了。"

　　杜恩家是村里最有钱的,土地成片,牛羊成群,他家的房子是用很大很大的石头砌成的,就像宫殿一样。不知怎么,穷人在富人面前好像总有点胆怯,约翰也一样,每次看到杜恩就心慌,但现在不行了,父亲已经去世,他作为长子,得和母亲一起把家里的重担挑起来,所以只好硬着头皮往杜恩家走。

到了杜恩家,约翰向杜恩说明来意。

杜恩一听,拍着脑袋,似是一副恍然大悟的样子,对约翰说:"不错,是有这事儿,你看我都把它忘了,真对不起。"杜恩说着,慢吞吞地从兜里掏出钱包,从里面取出一美元,递给约翰。

约翰一看,小心翼翼地开口道:"先生,为这点钱来打扰您真不好意思,可我们家现在实在太需要钱了……"

"没什么,借钱总是应该还的。"杜恩打断了约翰的话,"可是,孩子,你知道吗,你父亲还欠着我的钱呢,一共是四十美元。"

约翰一听,惊得目瞪口呆:四十美元? 现在对他们家来说,四十美元可是一笔天文数字呀! 但说实话,约翰相信杜恩的话,因为父亲生前很懒,还好赌,向杜恩借钱是完全有可能的。

杜恩问约翰:"孩子,你觉得什么时候可以还清你父亲欠我的这笔钱呢?"

约翰的脸色有点苍白,他想了想,对杜恩说:"我不知道,先生,我实在说不出具体时间。但我知道,我一定能还清这笔钱的,请您相信我。"

离开杜恩家的时候,约翰的心里像压上了块石头,沉甸甸的。为了尽快搬开这块石头,约翰给自己订了一个还款计划。

那年夏天,约翰想到附近一个农场去帮工,可那里的人都知道他父亲是个赌鬼,都不愿意雇他,而把活儿包给别的孩子干。不过后来,是约翰的诚意感动了那些人,他终于在农场里得到了一份每周干六天的工作,每天的报酬是四十美分。

然后是每天晚上和每个星期天,约翰不顾辛劳又拼命在自家地里干活,那一小块地里长出的水果和蔬菜,不但足够全家食用,还能余一些拿到集市上去卖,这可是以前约翰的父亲查利在世时从来没有做过的事儿。

整整一个夏天,约翰一直在不停地干着,他脑子里时时想的,就是要帮母亲把这个家撑下去,然后把欠杜恩的四十美元尽快还清。刚开始,约翰每天都把挣来的钱交给母亲,维持一家的生计,后来见家里渐渐缓过气来,每次领到工钱后,他就省下几美分攒着。一天又一天,从一美分攒到了一美元;渐渐地,又从一美元攒到了五美元。

约翰觉得可以先还杜恩一些钱了,这天吃过晚饭,他跨进了杜恩家那宫殿似的大房子。

杜恩看到约翰,笑着招呼说:"坐吧,约翰,我知道你这个夏天没有偷懒,你比你父亲强多了! 如果需要钱的话,我很乐意帮助你。"

可是约翰却涨红着脸,对杜恩说:"先生,谢谢您,我什么也不要。"他伸手从衣兜里掏出一叠小票来,"我想先还您一点钱,这是五美元,您别嫌少,请收下吧。"

这时候,杜恩脸上的神色似乎有点惊讶,不过他什么话都没说,接过这叠小票,一张张地数着,完全是一副郑重其事的样子,然后点点头,把它放进了旁边书桌的一个抽屉里。

夏天很快就过去了,秋天也一晃没了影,冬天来临的时候约翰发了愁:可以再到哪里去找活干呢?

就在约翰急得团团转的时候,他碰到了塞夫。

塞夫是个印第安人,夏天时曾和约翰一起在农场干过。塞夫告诉约翰,每年冬天他都去森林里捕猎,光是那些野兽的皮毛,去年冬天他就卖了二百美元。不过捕猎少不了猎枪和捕兽夹,买这些工具大约需要七十五美元。

塞夫对约翰说:"赤手空拳没法捕猎,这笔钱绝对省不了。不过你也别太着急,村里有一个人可以帮你。"

约翰知道,塞夫说的"一个人"肯定指的就是杜恩,因为村里也只有他家有钱。

当天晚上,约翰又一次跨进了杜恩那幢宫殿似的大房子。

他的心"扑腾扑腾"直跳,比第一次来这儿都紧张,因为毕竟是生平第一次开口向人家借钱,又是这么大一笔数目,而且还是在旧债尚未还清的时候,杜恩肯不肯借,他心里实在没底。

果然,当杜恩听明白了约翰的来意后,差点跳起来,他拉开嗓子朝约翰嚷道:"你是说,让我把这么多钱借给一个十六岁的毛头孩子?而且你还要我相信你肯定不会在大森林里被饿死、冻死?你凭什么要我相信借给你的钱以后肯定能收回来?"

被杜恩这么一嚷嚷,约翰就觉得很不好意思了:是呀,凭什么让杜恩相信自己呢?他不得不收口说:"先生,您说的也是,既然您不能相信我,那……那我就不麻烦您了。"说完,约翰就准备退出门去。

这时候,杜恩的两只眼睛直直地盯着约翰,好像是要从他脸上找出这七十五美元借出去后并非打水漂的保证来。最终也不知杜恩怎么想的,他还是把钱借给了约翰。

约翰心里很激动,拿到钱后的第二天立刻做起准备来,第三天就辞别母亲和弟弟妹妹,带上一大袋干粮,还有新买的猎枪和捕兽夹,和塞夫一起踏上了征途。在这个冬季里,约翰跟着塞夫学会了很多狩猎的本领,大森林里的生活把约翰锻炼成了一个强壮勇敢的小伙子。

到第二年春天,约翰已经独自捕获了好多野兽,毛皮集拢来有一大堆,估计至少能卖二百美元,所以约翰准备回家了,他心里念念不忘的是赶快把欠杜恩的那笔钱还清。可塞夫还想在大森林里再呆一阵子,这样,约翰就得独自一人回去。

塞夫帮约翰把毛皮、猎枪和捕兽夹等捆成一捆,让他背上,叮嘱说:"你回去路上经过那条河时,河水应该快要化冰了,记住,过河时千万不要在冰面上走,这个冰层不会很厚,经不起踩的。你尽量找个冰化了的河段,肯定能找到,砍些木头做个筏子,划过河去,这样做虽然要多花几个小时,但是安全。"

约翰听了点点头,他心存感激地和塞夫紧紧拥抱,然后依依不舍地告别,踏上了回家的路。

约翰归心似箭,一路风尘仆仆,脚不停步,傍晚时分就来到了河边,但这时候他已经走得太累了,实在不想再去寻找冰化了的河段。他看见河边正好有一棵长得高高的树,倒下来足可以横跨河面,心想:这样不就省了做筏子的力气和时间? 于是拿出斧头就砍起树来。果然,砍下来的树倒在河面上,恰好就像一座桥,约翰一看可得意了,一步就跨上了这座"树桥"。

约翰小心翼翼地在树桥上走着,可谁知走到半当中的时候,他的右腿不小心被树身上的一个枝杈疙瘩绊了一下,冷不防整个人就掉进了河里,人本身的重量,再加上背上那沉沉的一大堆东西,河面上的冰层立刻就被砸碎了一大块。

冰层下的河水其实流得很急,虽然约翰眼明手快一把抓住了树桥上的枝干,可他背上那一大堆东西眨眼之间就被河水冲走了影儿。冰冷的河水刺得他浑身颤栗,可更让他寒心的是,就在这短短的几秒钟时间里,他突然又重新变得一无所有! 整整一个冬季的努力,全被这无情的河水冲得无影无踪。

约翰真是欲哭无泪,他好不容易才重新爬上树桥,走到对岸。回到村里,约翰没有先回自己家,而是走进了杜恩那幢宫殿式的大房子,把事情经过如实向杜恩诉说了一遍。

杜恩这回没有大叫大嚷地责怪约翰,听完后只是苦笑,说:"我知道,无论是谁,都需要有一个学习的过程,你当然也一样。不过,你的这个过程对我来说,运气真是太不好了,因为我借给你的钱被打了水漂呀! 唉,算了,有啥办法呢? 你还是先回家休息去吧。"他说罢,哭丧着脸朝约翰摆摆手。

此时,约翰的心情当然更沉重,但为了一家人的生计和早日偿还欠杜恩的债,他不断地在心里给自己打气。回家的第二天,他就又去了附近那个农场,在那里没日没夜地干起来,这样,到夏天过去了的时候,他又一点一点地攒下五美元,去还给了杜恩。

可问题是,眼看这年秋季已经来临,冬季也不远了,如果要尽快还债,去大森林捕猎无疑是最好的选择,可捕猎器具当时都被河水冲走了,约翰觉得自己无论如何都没法再向杜恩开口借钱了。怎么办呢?

谁料就在这个时候,杜恩派人把约翰叫了去,对他说:"孩子,你已经欠我很多钱了,为了能尽早把这些钱收回来,我想让你今年冬天再去大森林试一次,我可以再借给你七十五美元,你愿意去吗?"

约翰一听,简直喜出望外,当然毫不犹豫就答应下来。

这一次,约翰是独自一个人去的,因为塞夫上次狩猎挣了钱后,已经把家搬到别处去了,所以约翰一路上特别小心,过河的时候也不敢再走捷径了,足足花了一天时间砍树做筏,划过河去……这一年冬季,约翰在大森林里又捕猎到不少野兽,将它们的毛皮卖掉后竟挣了三百美元,他一个不少地把欠杜恩的钱全部还清了。

尝到甜头之后,以后每年冬天约翰都要到大森林里去捕猎,他用如此不懈的努力,终于在十年之后买下了一个很大的农场。三十岁的时候,约翰就成了村里人人信服的领头人。

也就是在这一年的年底,杜恩去世了。让村里人惊讶的是,杜恩在遗言中表示,要把他那幢宫殿式的大房子和一大笔钱留给约翰。杜恩给约翰留下一封信,信上说,他从未借钱给约翰的父亲查利,因为他不相信查利能改变自己的命运,但是当他第一次看到约翰时,就感到了约翰的与众不同,为了证明这一点,他才用查利曾向他借了四十美元一说来试探约翰……

（程小峰　改编）

（题图:杨宏富）

尊 严 如 山

尊严，让每个人都获得了平等的权利。人的尊严永远比金钱、地位、权势，甚至比生命都更有价值。

落币无声

　　林明和刘军去逛街,走过一座天桥的时候,见天桥上坐着两个乞丐,其中一个乞丐是瞎子,林明就对刘军说:"我们刚才在商店里买东西不是找回几个硬币吗?给他吧。"

　　刘军一看,那瞎乞丐面前放着一只缺口的铁盒,铁盒里只有几毛钱,便点点头说:"好。"

　　两个人一边说着,一边就从兜里掏硬币,一前一后把它们投进了铁盒。

　　奇怪的是,林明把硬币丢进铁盒后,瞎乞丐朝他点头说了声:"谢谢!"而刘军把硬币投进铁盒后,瞎乞丐竟从地上站起来,恭恭敬敬地给刘军鞠了个躬,嘴里还不迭声地连说了几个"谢谢"。

　　林明觉得有点奇怪,问那瞎乞丐:"为什么我给你硬币,你只说一声谢,而他给你硬币,你站起来给他鞠躬不说,还连声说谢?要知道,硬币还是我给你的多呢!"

　　瞎乞丐似乎有点不好意思,对林明解释说:"对不起,我眼睛瞎了,看不清楚你们给的钱多还是少。但我能知道,那位先生给的钱,与你给的有些不同。"

　　林明一听,更奇怪了:"我们刚才给你的硬币,都是从同一个商店老板那里买了东西后找来的,难道会有什么不同?"

　　瞎乞丐说:"对不起,我就直说了吧。刚才你给我的钱里,只有施舍;而他给我的钱里,除了施舍,更有尊重。所以我除了对他道谢外,一定要起来给他鞠个躬。"

　　林明问:"你怎么知道我的钱里没有尊重,他的钱里有尊重?"

　　瞎乞丐说:"你是站着把钱丢进我铁盒子里的,他是弯腰把钱放进我铁盒子里的。"

　　林明一听不由生了气:"你还看得见我们弯腰不弯腰?原来你是假装眼瞎的?你这个骗子!不行,我要把我的钱拿回去,不能给你。"

　　瞎乞丐说:"那就随你便吧,那本来就是你的钱。"

　　林明真的就伸手要到铁盒里去拿回他刚才丢进去的硬币,还怂恿刘军:"你也拿回去,咱可不上他的当。"

　　刘军朝林明摆摆手:"算了吧,算了!"

　　林明却赌气说:"这怎么能算了呢?不能便宜这个骗子。你不拿,我帮你拿。"

　　这时候,旁边一个乞丐开口对林明和刘军说:"你们误会了,他真的是一个瞎子,每天都是我带着他走路的。"

　　刘军不解:"那……他怎么知道我是弯下腰来的呢?"

　　乞丐说:"这我就不知道了,你们还是问他自己吧!"

　　刘军回头问瞎乞丐。

　　瞎乞丐说:"这其实很简单,我是用耳朵听出来的。你放钱的时候,声音很小,我就知道你是从低处放的;那位先生给钱时'当'地一声,那硬币掉进铁盒子里的声音响得厉害,我就知道他是站着丢下来的。"

　　林明一听,羞红了脸。他想了想,随即弯下腰,轻轻地把刚才从铁盒里拿回来的硬币,又重新放进了铁盒。

　　这回,声音很轻,很轻……

(杨汉光)

(题图:安玉民)

人穷志不穷

　　阿涛跟文丽两口子工作很忙,家里有个才两岁多点的儿子豆豆,况且阿涛的老父亲最近又搬来和他们一起住,家里于是就乱成了一锅粥。

　　文丽想请个保姆来帮帮忙,可阿涛不同意,说乡下来的保姆手脚不干净。

　　这天,阿涛的老父亲独自出去溜达,文丽带着豆豆上街,路过劳务市场,看到路边蹲着一个女孩,虽说穿的是一身乡下土布衣裳,可却洗得干干净净,人也一副文文气气的样子。文丽顿时就对她有了好感,不由走上去问道:"小妹妹,你找活做?"

　　那女孩站起来,怯生生地对文丽说:"家里刚忙完秋收,我想来省城找点活做。我已经来三天了,钱也花光了,再找不到活做就只好回去了。大姐姐,你……你能有什么活给我做吗?"

文丽一听,不由心生同情,就说:"那你就来我家做保姆吧!"

文丽把女孩带到家门口的时候,几个邻居正在那儿闲聊,她们看到女孩,好奇地招呼文丽:"乡下来亲戚了?"

"是呀!"文丽拍拍女孩的肩膀,刚才一路闲聊,她已经知道女孩的名字叫小娟,于是笑着告诉邻居说,"这是我乡下来的小侄女,今天刚来,以后就住我家啦。"

文丽打开家门,那几个邻居也跟着进来凑热闹。

小娟挺乖巧,立刻解开身上的红布包,捧出里面的新鲜花生,说:"阿姨,请吃花生。"

那几个邻居一看,叽叽喳喳地叫起来:"哎哟! 好新鲜的花生,还粘着土呢!"

小娟说:"这是前几天刚从地里刨出来的,还没晒干,阿姨赶紧吃了吧,湿花生不经放,会坏的。"

嘴馋的邻居一听,就剥了花生品尝起来,嘴里还啧啧道:"香,真香! 那就不客气啦!"

大家聊着天,吃着新鲜花生,好不开心。

一会儿,文丽的儿子豆豆跑进他自己屋里,抱出一只胖胖的玩具毛毛熊来,他调皮地把毛毛熊肚子上的拉链拉开,抓起花生就往里面塞,一边塞,一边说:"熊熊吃花生! 熊熊吃花生!"

直到塞不进去了,豆豆才把毛毛熊的拉链拉上,拍拍它鼓鼓囊囊的肚皮,对小娟说:"姐姐,熊熊吃饱啦!"

谁知,他一高兴,把手里的毛毛熊一甩,正好甩在放在地上的一盆脏水里,他立刻放声大哭起来:"臭毛毛熊! 我不要了,我要新的……"

文丽一看,心疼地一把抱起豆豆,安慰说:"乖乖,别哭,这个毛毛熊臭臭的了,我们不要它,妈妈给你买新的。"

说完,文丽指指家门外不远的一个垃圾桶,吩咐小娟说:"你去把熊扔了吧,这东西搞脏了洗也洗不干净。"

"噢……"小娟拿起毛毛熊看了看,她好像想说什么,但是嘴张了张却没说出口,随后就跑出门去,把毛毛熊扔进了垃圾箱。

没了毛毛熊,豆豆可不依了,又哭又闹的,非要文丽立刻给买新的不可。文丽看看小娟,不禁有点犹豫:毕竟小娟刚来,用不用她还得等阿涛回来决定,现在总不能就让她去帮豆豆买个熊回来吧?可如果把小娟独自留在家里,又怎么放得下心来。

想了想,文丽有点为难地对小娟说:"小娟,我现在带豆豆去买熊,要不你……"

小娟是个聪明孩子,一听文丽说话这口气,忙接口说:"阿姨,那我去屋外等着,你放心去好了,没关系的。"

小娟如此乖巧,文丽就对她更满意了,她冲小娟笑笑,说:"那也好,反正我们去去就来,用不了多少时间的。"说完,就领着豆豆走了,聊天的那几个邻居也就各自回了家。

小娟于是就抱着红布包站在门口等。

等了有半个小时,文丽还没回来,阿涛却下班回家了。阿涛拿出钥匙开门,见身边的这个小姑娘看着自己,也不说话,就奇怪地问:"你是谁,站在这儿干什么?"

小娟笑着说:"你是阿涛大哥吧,我是文丽姐姐叫来做你家保姆的。"

阿涛今天在单位受了领导的气,正窝着一肚子火,一听小娟这话可不高兴了:"这个文丽,胡闹什么,不是说过不找保姆的吗?"

小娟看阿涛不喜欢她,不由脸一红,头低了下来。

"你走吧!我们家不需要保姆。"阿涛没好气地对小娟说。

听阿涛说话口气这么绝,小娟只好挂着两只红红的眼圈走了。阿涛呢,进了家门就往床上一倒,脑子里还想着单位里和领导闹别扭的事情。

　　这时候,文丽回来了,一看门里门外都没有小娟的影儿,便问阿涛:"那小姑娘呢?"

　　阿涛气冲冲地说:"被我赶走了! 我不是还没同意找保姆吗,你怎么就自作主张了呢?"

　　文丽一听,跺脚说:"你怎么能赶人家走呀? 我和豆豆,还有隔壁几个邻居,已经吃了她不少花生呢! 人家是因为家里条件不好才出来找活干的,咱可不能占人家便宜呀!"

　　阿涛一听,心里不觉也有些过意不去。

　　两口子正愣着,阿涛忽然一指窗外叫起来:"你看,是不是那小姑娘?"

　　文丽透过窗户一看,果然是小娟,正大步朝他们家跑来,不由高兴地说:"嗯,这孩子大概是不死心,又回来找我了。"

　　文丽正要开门出去,却发现小娟不是来他们家的,她跑到那只垃圾箱前,掀开箱盖,从里面拿出豆豆不要了的那只毛毛熊,拉开它肚子上的拉链,从里面把刚才豆豆塞进去的花生一把一把掏出来,放进自己红布包里。掏完花生,小娟站在那儿没动,看她那样,大概是想把毛毛熊也一起塞进布包,但没几秒钟,她好像就改变了主意,把毛毛熊又重新丢进了垃圾箱。

　　做完这一切,小娟就朝来的路上跑了,文丽想叫她,却被阿涛重重地拉了一下。

　　阿涛冷笑着对文丽说:"看到了吧,这就叫人穷志短!"

　　文丽瞪阿涛一眼:"花生本来就是人家的,拿回去天经地义,有什么不对?"

　　不一会儿,阿涛的父亲从外边溜达回来了,一进家门就兴奋地举着个袋子冲他们喊:"快来吃新鲜的花生哪!"

　　文丽一愣:"爸,你哪儿买的新鲜花生呀?"

　　父亲说:"嘿嘿,这种新鲜花生城里难得见到,我是从一个乡下丫头手里买的。"

"丫头?"文丽和阿涛对望了一眼。

父亲说:"我在前面不远地方看到有个乡下丫头蹲在路边,面前放着一包新鲜花生,我问她卖不卖,她说卖,一斤二块钱,她要换张回老家的车票。"

文丽心里断定:父亲说的这乡下丫头,肯定就是小娟。

父亲说:"嘿嘿,别看这丫头年龄小,可不简单!我们到旁边卖鸡蛋的那里借了把秤,一称,她那些花生拢共四斤八两。我听她说回老家的车票是十块钱一张,就说那就按五斤花生算,给你十块钱,可她怎么也不要,说不能白占我便宜。不过这小姑娘也真有办法,她让我等一会儿,也不知是去哪里又搞来一些花生,加在一起一称,够五斤了,秤头高高的……"

父亲话还没说完,阿涛猛一拍巴掌,朝文丽大喊道:"这丫头能用!"

"那还不快追?"文丽一把拉了阿涛就朝门外跑……

（芦宏伟）

（**题图**：魏忠善）

这扇大门不好守

　　大学毕业后,杨成幸运地考取了机关公务员,可是到镇政府机关报到后,却又被晾在家里等通知。

　　一晃,小半年过去了,杨成工作的事儿还是毫无音讯。家里人实在等得心里着急啊,那天,杨成父亲准备了一万块血汗钱,领着杨成踏进了镇政府大院。

　　走进镇长办公室,父亲把办公室的门从里面插上,然后就从口袋里掏出那一万块钱来,毕恭毕敬地放在桌上,让杨成跪下给镇长磕头。

　　这下可把镇长给吓住了:"你们这是……"

　　父亲说:"镇长大人,从今往后,您又多了一个干儿子。"

　　镇长没有儿子,只有一个女儿。听明白父亲的来意之后,镇长的脸上终于有了笑模样:"我就喜欢大学生,那我就拿他当亲儿子用了。"

还真别说,父亲这招挺管用,没半个月,镇长就给父亲打电话,说:"叫我干儿子快来报到吧!"

杨成知道这消息,乐得一蹦三尺高,父亲也喜滋滋地搓着两只大手掌说:"总算这一万块钱没白给啊!"

杨成欢天喜地地跑到镇政府,可万万没想到,镇长说是让他去守大门。就像一盆凉水从头浇到底,杨成心里很不高兴。

镇长给杨成解释说:"现在镇里实在没有位子,这还是我想了好几天才想出来的办法。我让人在镇政府办公楼后面开了一个门,这样才缺了一个守后大门的差使,反正工资一分钱不少,你就先来图个清闲吧!"

看来也只能这样了,杨成想想这总比待在家里强吧?于是,他这个门卫就正式上岗了。

一个星期天,杨成正守着门呢,镇长来了,进门就给了他一条烟,说:"别人送的,我不抽这个牌子,你拿去吧。"

杨成觉得有点受宠若惊:"镇长,我怎么能抽您的烟呢?"

镇长挺大度地拍拍杨成的肩膀,说:"谁让你是我干儿子哩?替我守好门,我到办公室去有点事,谁也别让进来。"

看来镇长真把自己当亲儿子了,杨成心里很兴奋,就乐滋滋地把烟收了起来,心里还说:"儿子用老子的东西,天经地义。"

半个小时之后,杨成正"呼呼呼"地抽着镇长给的烟呢,这时候进来一个女人,大约三十多岁,穿戴很时髦。

杨成问她找谁,女人打量杨成一眼,说:"你是新来的吧?"

杨成点点头。

女人又问:"镇长让你把门,一定告诉你把门的规矩了?"

杨成又点点头,镇长的确告诉过他。镇长对他说,看大门的学问就是,该认真的时候认真,该装聋作哑的时候就一定得装聋作哑。

只见女人从手提包里拿出两盒茶叶,朝桌上一放,对杨成说:"闲着没事时多喝点水,把嘴堵上。"

杨成不明白这女人要干什么,想到看大门居然还能捞着好处,心里便有些得意。

女人拎了包就要进去,杨成急忙拦住她说:"今天是星期天,谁也不能进。"

女人不高兴了:"镇长不是进去了吗?"

杨成说:"这是镇长刚才吩咐的。"

女人鼻子一掀:"你知道我是谁不?"

杨成摇摇头。

女人便说:"没有外人时,我管镇长叫'老公'。"

啊,原来是干妈到了!杨成原本前几天就想去镇长家拜访,可是一直没抽出空来,这时候他心里就有点不好意思了,立刻赔上笑脸,讨好地说:"那您快请吧,镇长在上面等着您呢。"

镇长夫人进去后,杨成本想告诉镇长一下,可是电话打到镇长办公室,却没人接。

不过就在这时,杨成好像隐隐约约听到楼上传来一阵吵闹声,他不知出了什么事,慌忙关了大门就往楼上跑。

刚上楼,杨成就见镇长满脸挂花,拉扯着一个姑娘,而镇长夫人则气势汹汹地站在一边。

镇长看到杨成,就冲着他发火:"我让你把好门,你怎么搞的?我今天特地到机关来,就是要图个清静,没想还是被这两个上访的找到了。"

杨成一听镇长这话,就知道他在说谎,看这阵势,谁会想不明白是怎么回事,他又不是小孩。不过那姑娘是怎么进来的?杨成刚才分明没有见过她呀,说不准是镇长趁他还没上班时,就把她给藏进来的?

镇长又把杨成骂了一顿，这才领着两个女人走了。

杨成心里真是觉得委屈：明明是你镇长自己做的事，怎么毫无道理地怪罪到我头上来了？

这时候，杨成的一个老同学正好给他打电话来，约他下班后去他家玩电脑游戏，杨成也不管他爱听不爱听，忍不住就在电话里把刚才镇长的事嘀咕了一番，这才觉得心里好受些。

可谁知两天后，镇长在镇政府工作会议上宣布，要暂停杨成的工作，杨成听了很沮丧，知道这都和那天值班守大门的事情有关。

这天下午，守前门的小王拉杨成喝酒，他问杨成："听说镇长那天跟情人鬼混，被人撞见了，撞见的那人是你放进去的？"

杨成正想说事情经过可不是这样的，可小王没让他开口就教训开了："老兄，我告诉你吧，关键不是这件事本身怎么样，而是这件事已经传出去了，这就明摆着是你的问题了。咱看门的没别的本事，就是这张嘴要严，嘴严了，领导才能对你放心，你也才能称领导的心。"

被小王这么一调教，杨成终于知道，原来是自己给镇长捅娄子了，于是当晚就带着礼物去镇长家赔礼道歉。

来给杨成开门的正是镇长，见到杨成他似乎有些意外，但还是客气地让杨成进去了。

杨成正要开口解释那天的情况，镇长抢在他前面说："你别解释了，我心里有数。"

杨成听了，如释重负。

镇长有一搭、没一搭地和杨成聊着话，后来又招呼厨房里的小保姆出来削苹果招待他。杨成一看，这小保姆不就是那天跟镇长鬼混的姑娘？

镇长一边让杨成吃苹果，一边朝里屋喊："老伴，咱干儿子来了，你不出来看看？"

镇长这一喊,杨成的头立刻就大了:那天已经太尴尬了,今天还能说什么呢?他正想着怎么开口好呢,谁知镇长夫人一出来,就把杨成给闹惊呆了:怎么不是那天送茶叶的那个女人?

镇长夫人问杨成:"老周的脸就是和你一起喝酒摔的吧?"

幸亏杨成脑子转得快,他马上反应过来:老周不就是镇长吗?连忙点头说:"那天我也喝多了,腿也跌破了。"

镇长用赞许的眼光瞥了杨成一眼。

杨成知道:这种场合自己不宜久待,话说多了,容易再捅娄子。于是搪塞了几句之后,他就急忙起身告辞。

镇长一直把杨成送到门外,拍拍他的肩膀,说:"干儿子,好好干,我不会亏待你的。"

杨成匆匆忙忙下楼,没想到在半道上竟碰上了那天冒充镇长夫人送他茶叶的那个女人,后面还跟着镇政府办公室的吕主任。杨成吃不准他们是怎么回事儿,不知道怎么开口,顿时就愣在了那里。

吕主任大大咧咧地对杨成说:"听说镇长的脸摔破了,我们两口子去看看。"

天,原来他们才是两口子!杨成总算明白了那天镇长演的是一出什么戏。他心里暗道:看来,新一幕戏又要接着开演了。

第二天,镇长把杨成叫到办公室,说要想办法给他在机关里弄个位子,正式提拔他。

可是,杨成已经不想领镇长这个情了。杨成昨晚想了一夜,下定决心外出打工去,外面的天地大得很,他要靠自己的真本事活着。

(翟德军)

(**题图**:安玉民)

老板，你要认错

　　滨江自助火锅城正式开业这天，总经理郑元光亲自召集全体员工讲话，他风趣地介绍火锅城的经营理念，充满激情地描绘火锅城的美好前景。他的讲话，赢得了底下一阵阵热烈的掌声。

　　郑元光一高兴，就对站在第一排身穿唐装的迎宾小姐说："今后你们迎来送往的任务很多，所以口才很重要，今天就先请每人说一句吧，只要和咱火锅城开张大吉有关就行。"

　　底下人一听，都明白郑元光这话的意思，无非是要让这些漂亮小姐说些吉利话，给火锅城开业讨个好彩头。那些女孩子也都想在郑元光面前表现一下，于是便一一说开了，话说得一个比一个吉利，声音一个比一个动听。

　　可谁想，轮到一个长相文静的女孩子的时候，她犹豫了一下,竟开口道:"我希望咱火锅城人流如潮,可是……这不一定能做到。"

正频频含笑点头的郑元光猛听到她这话,顿时愣住了,大堂里的气氛一下子就紧张起来。

大堂经理一看这情势,惶恐地凑近郑元光,轻声打圆场道:"郑总,她叫王怡,老家是农村的,以前在好几家火锅城做过服务员,经验还是有一些的……"

可郑元光却不能容忍王怡在这个时候说这样的晦气话,他强压怒火,冷冷地说:"一个穷打工的,仗着有几分姿色,就敢在这儿说三道四?既然你对本店缺乏信心,不马上滚蛋还等什么?"

王怡也没有想到郑元光会在这时候说这样伤人的话,她抬起头来,咬着嘴唇,似乎还想辩白什么,但最后什么也没有说,默默地转过身就走了。

其实在开办火锅城之前,郑元光曾做过市场调查,尽管全城现在有近百家大大小小的火锅店,但规模都不大,而且档次不是太高就是太低。他认为:档次太高,工薪阶层吃不起;档次太低,公款请客没面子。如果搞一家中高档装修、中低档消费的火锅城,做到两者兼顾,薄利多销,就一定能在众多同行中独树一帜,后来居上。

可这些只是郑元光的一厢情愿,事实是,王怡的话后来真的在火锅城应验了:偌大的店堂里,经常是食客寥寥无几,生意清淡得很。问题出在哪里呢?论价格,每人收费二十五元,只比那些脏兮兮的路边店多收了十元;说服务,完全可以跟高档餐厅一争短长。顾客到底还有什么不满意的呢?

无奈之下,郑元光又咬咬牙到电视台去给火锅城做了一个月广告,可仍然没有多大起色,火锅城开出三个月,郑元光人整整瘦了一圈。

在炒掉第二个公关部经理后,郑元光向火锅城全体员工宣布：谁能够在两个月内让火锅城的生意起死回生，谁就是今后的公关部经理，同时重奖一万元。

决定宣布了半个月，可是却没有一个人敢接招。

这时候已经是八月中旬，还有两个月不到就要放国庆长假了，郑元光不想让火锅城错过这个赚钱机会，于是就准备面向社会公开招聘，目的就是要找一个能人来当自己的助手。

让他怎么也没有想到的是，在这个节骨眼上，王怡意外地出现在了他的面前。

"你来干什么？"郑元光没好气地问。

"我来应聘呀！"王怡朝郑元光微微一笑，反问他，"郑总，假如我能让火锅城的生意起死回生，你能做到不计前嫌，兑现你在招聘书上许下的诺言吗？"

郑元光一听，哈哈大笑："你有没有搞错啊？我现在招聘的是公关部经理，这可不是当迎宾小姐，说两句'欢迎光临'、'请慢走'就行的。"

郑元光的话里充满了讽刺味儿，可王怡并不理会，她告诉郑元光说，火锅城最大的失误，其实就在于当初开业时的兼顾定位，看似高档的装修和门口的迎宾礼仪，吓退了"工薪阶层"，而店堂里的设施又因为档次不高，无法满足一部分顾客的高要求接待。

王怡说："郑经理，恕我直言，火锅城如此模糊的定位，它带来的结局只能是生意清淡，最后直至关门大吉。"

被王怡这么一说，郑元光愣住了：这么简单的道理，我怎么当初就没有考虑到呢？而且让他难以理解的是，已经被炒了的王怡，为什么要在这个时候来助他一臂之力？

沉吟良久，郑元光试探着问王怡："说吧，你现在来，要什么条件？"

王怡倒也爽快，立刻对郑元光说："我的条件有两个。第一，国庆前火锅城的生意促销活动，由我全权负责；第二嘛，我暂时不谈，等生意有了起色以后再说。

看郑元光的态度似乎有些犹豫，王怡便说："郑经理，你尽管放心，到时候我不会向你漫天要价的。"

郑元光一时也想不出更好的办法，于是就决定让王怡试一试。

一转眼，十天过去了。这十天里，王怡要么把自己关在办公室里上网，要么在外面东奔西跑，郑元光多次催她拿具体方案出来，她都说还没有考虑成熟。

到了八月底，这天，郑元光正准备下班回家，王怡把他堵住了，说她已经把方案定下来了，明天将正式启动宣传攻势。

郑元光一听，急切地问她究竟有啥高招，谁知王怡的回答却让他大失所望。原来，王怡的方案就是准备在九月份的每一个双休日里，对工薪阶层实行套餐优惠，每份由原来的二十五元降为二十元。

这算什么高招啊？郑元光顿时就跳了起来："你这不是在玩我吗？"

王怡看着郑元光，一字一顿说："郑经理，请你相信我，给我一个机会，可以吗？"

郑元光冲口就是两个字："不行！"

"那就给我一个星期吧，就一个星期，怎么样？"

听王怡这口气，好像她是在求郑元光，可郑元光从她脸上看到的，分明是一种成竹在胸的气势，他心里不禁一个"咯噔"。说实话，郑元光自己一时倒真拿不出什么好主意，他心想：不如就给她一个星期，看她怎么折腾。

第二天一上班，郑元光把各部门经理叫来开会，把给王怡试一个星期的决定告诉他们，让他们一个星期之内一切听王怡安排。

谁知会还没散，一个消息就传进会议室来，说是此刻外面各家媒体都在为他们滨江火锅城做广告,说火锅城这个月开展迎国庆酬宾活动,套餐一律二元,同时免费提供散装白酒,用餐如须提供发票,发票上将加盖"自费"的印章。

这消息不亚于在会议室里扔了一颗炸弹,"这不是在瞎胡闹吗?"不光是郑元光,那些部门经理一听也都急得跳脚。

可是他们还来不及发牢骚,就被底下员工一个个给叫了出去。为啥?外面店堂里的订座电话铃声响个不停,上门咨询和来证实消息的人更是如潮水般涌来,员工们哪里应付得了?只好把他们领导从会议室里请出来。

从表面看,火锅城的人气一下子就火了,可是郑元光却一点高兴不起来:明明是二十元的套餐,现在突然变成了二元,这不明摆着是在做赔本生意吗?他气得怒火冲天,把王怡叫来狠狠质问道:"你老实说,这次回来是不是为了报复我?为什么要我们做这种赔本的买卖?"

王怡却很平静地回答说:"对不起,郑经理,因为少了一个'十',二十元的套餐变成了二元,可既然广告已经做出去了,我们总不能食言吧?我认为,我们现在必须按二元的标准继续受理所有顾客的预定。你放心,今天晚上我就与这些媒体联系,请他们帮助更正。"

果然,在当晚黄金时段新闻节目结束后的广告节目中,当地电视台为滨江火锅城播出了紧急更正消息,但更正的同时,还有一条是火锅城向全体市民的郑重承诺:凡是已经订座二元套餐的顾客,保证到时候服务质量不打折扣。

而就是在这一天,火锅城九月份双休日的所有客座,全都已经订满。

这一夜,郑元光气得根本就没法入睡,算来算去,火锅城这下肯定亏大了。可让郑元光更生气的事还在后头!第二天上班,他发现王怡不见了,怎么让人找都找不到人影。郑元光认定王怡这么做一定是在报复，自己怎么会这么轻而易举就上她的当了呢？火锅城生意本来就不好，现在再被雪上加霜这么一搞，接下去不知道什么时候才能翻身呢。一想到这些，郑元光心里真是追悔莫及。

可是，就在郑元光手足无措的时候，没想电视台和报社的那些媒体记者却找上门来了。原来他们关注到了火锅城这几天的迎国庆促销活动，对商家能有如此高度的诚信举动表现出了极大的兴趣，对郑经理的君子风度更是赞不绝口。

郑元光被这帮记者搞得哭笑不得。

更让他料想不到的是，他刚想把记者轰走，只见大堂经理气喘吁吁地跑来，向他报告说，紧急更正消息播出后，订座电话仍然接连不断，虽然他们一再说明不再优惠，可客人们还是要提前订座，现在连国庆长假的客座都已经爆满。

郑元光简直不敢相信自己的耳朵，记者们闻知更是兴奋，说报道文章的题目也不用想了，这不就有现成的了吗？叫做"诚招天下客"。

接下去的整整两个月，滨江火锅城始终保持着人气兴旺的势头。郑元光为此专门问了一些回头客："过去为啥不到火锅城来消费？"他们的回答，无一不是在进一步印证王怡给出的两个分析。

郑元光听罢，心里不禁好一阵感慨：看来，像王怡这样的打工妹也不能小瞧啊，往往有时候，她们缺少的只是展示自己才能的机会罢了。至于王怡把二十元写成二元，这种低级错误对她这样文化程度的打工妹来说，也是可以理解的……

不对！郑元光脑子里突然闪过一个念头：看来王怡根本不是一时大意出的错，更不是报复，这正是她的高招，走了一着妙棋啊！想到这一层，他不禁"啊呀"一声叫了出来。

"'啊呀'什么呢，郑经理？"不知啥时候，王怡走进郑元光的办公室,笑吟吟地站在他面前。

郑元光涨红了脸,嗫嚅道:"我在想,那个二十元到二元的差错……"

"哦,"王怡说,"到底还是被郑经理看出来了!那确实是我故意设计的。为了塑造火锅城的形象,我们不得不背水一战。"

郑元光的脸红了,问她:"那你为啥不早说呢?"

王怡淡淡一笑:"我敢说吗?就这样,都有人恨不得要吃了我呢。好了,郑经理,现在轮到你兑现诺言了,请把全体员工集中起来好吗?"

郑元光一愣,不知王怡又出什么主意了,但还是爽快地让大家立刻集合。因为按当时招聘书上写的,现在应该是他正式宣布对王怡的任命并发给她一万元奖金的时候了。

不一会儿,员工们就都齐齐地站在了郑元光面前。郑元光拿出一万元奖金,接着就要宣布对王怡的任命。哪知这时王怡却抢在郑元光前面开口道:"还是请郑经理让我先说出我来应聘的第二个条件吧!"

"好!"郑元光这时突然想起当初王怡来应聘时说的话,好奇地问,"什么条件?你说吧!"

王怡抬起头,郑重地看着郑元光,说:"郑经理,我的第二个条件就是:你今天要给我的这个奖金和任命,我都可以放弃,但你必须为火锅城开业那天的事向我认错。尽管你是我的老板,可那天你没有给我应有的尊重。"

王怡说罢,全场一片寂静,所有人的目光都"刷"地投向郑元光。

郑元光先是涨红了脸,但想了想,他还是坦然地走到王怡面前,向她深深地鞠了一个躬。

(魏治祥)

(题图:安玉民)

小保安和大演员

　　牛虎上北京打工,经过一个月培训,被分配到一家文艺单位做保安。

　　谁知刚走进办公楼,牛虎就乐得合不上嘴。怎么了? 办公楼底层大厅里,四面墙上挂的,全是大明星的照片。牛虎心想:这些过去只有在电视里才能看到的大明星,自己今后竟能天天和他们面对面,这该有多美呀!

　　所以这天下班后,牛虎就去买了一个烫金日记本,他想让那些大明星一个一个全在这本子上签名,日后拿回老家去,在乡亲们面前好好炫耀炫耀。嘿嘿,要是未婚妻桂花想看的话,起码得亲自己一口。

　　牛虎心里越想越美。

可大明星就是大明星,时间长了,牛虎才知道,他们其实不是天天都到单位里来的,就是来的话,也没个准点,一般大都是中午吃饭的当儿。为了完成心中的既定目标,牛虎于是就主动向领班要求,他宁愿饿着肚子值中午这一班。

果然,这天牛虎刚上班,就来了一个大明星,牛虎赶紧笑着上前,"啪"地一个敬礼,然后递上本子和笔,说:"老师,请您给我签个名好吗?"

那大明星看看牛虎,说:"新来的吧?"

牛虎紧张地点点头。

那大明星微微一笑,接过牛虎手里的本子和笔,就低头"刷刷刷"地写了起来。

牛虎一看,这大明星不但签了名,还给他写了一句话:向保安同志敬礼!你辛苦了!

牛虎心里激动啊:大明星一点都没有明星架子嘛!这一来,他更起劲了,胆子也大多了,看到明星就请他们签名。一个月下来,牛虎这个烫金本子上已经有二十多个明星签名了,牛虎每天晚上睡觉前都要把本子拿出来看啊看的,越看心里越美。

这天中午,快要下班的时候,牛虎看到有个三十多岁的女人从外面走进来,他顿时眼睛一亮,呼吸也急促起来。怎么呢?原来,走进来的这女人,正是牛虎平时最最崇拜的大明星果果。牛虎以前在老家时,四面墙上都贴满了果果的剧照,甚至有时候,他还会偷偷往那照片上"啵"地亲上一口呢。

看到自己朝思暮想的大明星出现在面前,牛虎立刻整整制服,正正帽子,然后就走上去朝果果"啪"地一个敬礼,说:"我是保安牛虎,向果果小姐问好!"

果果没防着牛虎这一着,她愣了愣,旋即"咯咯咯"地笑了:"有意思,有意思,从哪儿学来的?"

牛虎沉住气,把烫金本子和笔端端正正地递上去,说:"果果小姐,我是您的崇拜者,今天有幸能为您服务,是我的福气,我想请您给我签个名,行吗?"

谁知那果果一听,眉头皱了皱,脸上立刻就"晴转多云、多云变阴"起来,冷冷地说:"你这个人烦不烦呀?"说罢,就昂着头径直朝里走。

牛虎没料到果果对自己会是这个态度,只好赔着笑脸说:"果果小姐,麻烦您了,谢谢。"

只见那果果回头朝牛虎"哼"了一声,嘀咕了一句:"没教养!讨厌!"然后就"噔噔噔"地上楼了。

这时候,正好下一班的保安来接岗,牛虎不但吃了果果的闭门羹,还被人家瞧了个正着,他脸红红的,心里可窝囊了。瞧着果果上楼的背影,他鼻子里哼了一声,心里气呼呼地说:"你不就是个演员吗,牛什么呀?"

不过牛虎就是牛虎,虽然心中有气,但他不拿工作撒气,该干吗还是干吗。

没想半个月后,这天牛虎值班时又遇上了果果,牛虎还是照样向她问好。可这个果果不对了,她认出了牛虎,就故意将脸一扭,径自上楼;待下楼出门经过牛虎身边时,鼻子里又重重地哼了一声。

牛虎感到自己的自尊心受到了侮辱,但是他忍着,看着果果走出大门。

谁想不到五分钟,果果又回来了,脸上堆满了笑,拉着他说:"哎,小保安,帮个忙!"

牛虎瞥一眼果果,心说:太阳从西边出来啦?你怎么也会在我这个没教养的人面前有笑脸了?

果果见牛虎看着她不吱声,就扯扯牛虎衣袖,撒娇说:"哎呀,帮帮忙吧,我的车打不着火了,你找几个人帮我推推嘛,啊?"

牛虎本不想管果果的事儿,可不知怎么,他突然想起自己前年春节回家时在路上遇到的一件事儿。那天下着鹅毛大雪,可是牛虎坐的汽车却在山路上歇了火,一修就是三个小时,把旅客冻得直哆嗦。后来牛虎回到家里,看到未婚妻桂花竟哭得像个泪人,一问,原来不知是哪个嘴快的已经带消息回来,说牛虎的车在山上出事儿了,桂花以为牛虎遭了难。

车坏了,人得多着急啊! 想到这儿,牛虎好像把自己受气的事儿全忘在了脑后。巧的是,这时候下一班接岗的保安也来了,牛虎便对果果说:"你等等!"然后就立刻去叫了几个人来,一起帮果果推车。

推了几十米,一别火,哈,问题解决了,牛虎于是就和大家往回走。

这时,果果冲牛虎的背影叫道:"哎,小保安,你别走!"

牛虎回头看看果果,问:"还有事儿?"

果果朝他一伸手,说:"拿来呀!"

牛虎一愣:"什么'拿来呀'?"

果果说:"你不是要我签名吗,把本子拿来呀!"

那本烫金本子此刻就在牛虎的上衣口袋里,他曾经多么想得到果果的亲笔签名呀,可不知怎的,此刻他却提高八度嗓音,大声对果果说:"对不起,我不稀罕!"

果果一听,脸上的表情僵住了。她没有想到,一个小小的保安,竟会对她这个大明星说"不"。

但是,就在刚才,牛虎确实对果果说了"不"!

牛虎说完后没有走,就站在那儿,带着一脸的自信,朝果果微微笑着……

(范大宇)

(题图:安玉民)

做人的尊严

　　这天,张平穿过熙熙攘攘的人群,来到车站旁边的小卖部,买了瓶矿泉水站在那儿喝。没一会儿,他看到一个中年男人领着个十来岁的小男孩走进来,说:"老板,买包五块钱的烟。"老板应声从柜台里扔出包烟给他,可那男人翻遍口袋也没掏出钱来,只是在嘴里自言自语地嘀咕道:"糟了,钱包被人偷了,这该死的小偷!"

　　老板是个五大三粗的年轻人,一看中年男人这样子,鼻子里不屑地一哼,立刻就把扔到柜台上的烟拿了回去。

　　"慢!"中年男人犹豫了一下,然后解开裤带。原来,他里面穿的那条裤有个口袋,口袋里藏着钱。中年男人从口袋里掏出一张五十块钞票,递给老板。

老板接过钱,从抽屉里找出一沓零钱,数了数,递给男人,又把烟放在他面前。

男人接过找零一数,四十五块,就点点头,拿了烟要走。可不知怎么,他突然收住脚,把手里的钱一张一张又数了起来,这一数不对了,明明刚才四十五块,现在只有三十五块了。

男人疑惑地看着老板,问:"这钱不对啊,怎么少了十块?"

老板的脸色变了。

其实,这是老板平时惯用的把戏,找零时故意把十块纸币对折起来,夹在中间给人家,对方如果不是一张一张数,很容易就把一张十块钱数成两张。没想今天这个中年男人居然如此细心,当场发现了他的伎俩。

但是这个中年男人不知道,老板是这一带的地头蛇,老板知道反正到这儿来买东西的大多是外地人,所以骗不成了就来硬的。此刻,老板摆出一副凶神恶煞的样子,朝中年男人吼道:"刚才你不是自己数过的吗?明明对的嘛,怎么现在就少了?你想蒙谁啊?是不是欠揍?你要是还知道好歹,就赶紧给我滚蛋!"

看样子,老板随时会扑上来打人,中年男人旁边跟着的小男孩吓得直哆嗦,拉着中年男人的衣襟小声说:"爸爸,咱们快走吧!"

但这中年男人是个硬汉,他没被老板这副样子吓着,捏紧了小男孩的手,对老板说:"你必须把这少了的十块钱还给我,还要向我道歉。不然,我就报警。"

老板一听,狂笑起来:"哼,还没见过你这样不知死活的人呢!叫我向你道歉?疯了吧,你?大爷什么时候给人道过歉?"

可是,中年男人根本不买老板的账,转过头来,一眼看到站在门口的张平,就说:"兄弟,能不能借你的手机用一下?我要打电话报警。"

张平一看自己要被牵进是非里去,不觉犹豫了一下,劝中年男人说："不就是十块钱嘛,算了算了,为这点儿小事报警不值,你还是赶紧走吧!"

中年男人见张平不肯,不由叹了口气。

就在这时,有几个人走进小卖部来,嘴里嚷嚷着要买烟,中年男人眉眼一转,立刻上去拦住他们说："你们别在这儿买,这是家黑店,老板刚刚骗了我十块钱,还死不认账。"

那几个人一听中年男人这话,惊讶地看了看老板,赶紧转身走。

老板见中年男人居然敢坏自己生意,气得破口大骂起来,冲出柜台就朝中年男人扑上来,把小男孩吓得"哇哇"直哭。

站在门口的张平这时候赶紧从口袋里掏出十块钱,往中年男人手里一塞,说："这钱我给你,你惹不起人家,还是带着孩子快走吧!"

可是中年男人却坚决地推开张平的手,毫不犹豫地拒绝了。他大声对小男孩说："儿子,咱不怕坏人,今天这个人要是不还钱,咱跟他没完!"

老板一听,简直要跳起来:"你他妈还真有种啊?"

老板还想冲上来打人,一抬眼,看到有几个人正朝小卖部走来,他怕再跟这个中年男人纠缠下去耽误生意,立刻把已经伸出来的手缩了回去。

老板口气软了下来,拿出十块钱,对中年男人说："就算大爷我服你了,把钱拿去,快给我滚!"

中年男人接过钱,可是身子却不动,绷着脸对老板说："你还没向我道歉呢!"

老板看他这神气,差点气死。可是瞧他这犟劲,自己要是不道歉,他一定不会罢休的,事情闹大了,还不知怎么个结果,于是只好勉强笑笑,说："好好好,我向你道歉,对不起你了,你还是快走吧。"

这时,中年男人的脸上露出了胜利的微笑,这才领着小男孩走了。

张平不由紧追几步上去,好奇地问中年男人:"十块钱又不是什么大数字,况且他钱都还你了,你为什么还非要他道歉呢?"

中年男人看了张平一眼,说:"十块钱是小事,可是如果我让步了,我在儿子心里的地位就垮了。我必须保住做爸爸的尊严!"

张平听了中年男人这话一愣,再低头看小男孩,正冲着他爸爸竖大拇指哩!

张平心里顿时感慨万分:这中年男人说得没错,如果他向老板屈服了,他儿子的小小心灵里就会埋下失败的种子。这样的人真是值得敬佩啊!

张平友好地拍拍中年男人的肩膀,跟他告别,同时,又神不知、鬼不觉地把一个钱包塞进了他的口袋。原来天下竟有这么巧的事,张平竟就是那个先前掏走了中年男人钱包的小偷。

不过这一刻,张平已经决定金盆洗手了。因为,张平也有儿子,在儿子心里,张平是天下最棒的爸爸,张平不能让儿子把一个贼当成榜样。

(唐雪嫣)

(题图:安玉民)

坚 守 不 渝

忠诚、乐观、道义、梦想和爱，这些信念都需要人们坚定地守护，而人们也始终需要信念的力量来支持。

痛苦的命运

　　常来、常往是一对双胞胎,一生下来,周围的人就摇头叹气:"这俩兄弟啊,投错胎喽!"原来,常家遗传着一种怪病,人长到十八九岁的时候,视力就开始下降,看东西日渐模糊,三年后眼睛就彻底瞎了。

　　由于发生这种事情已经不是一代二代了,常家人于是便有了对策:当小孩长到六岁时,父母就把他的眼睛蒙起来,一年后,让他学做睁眼瞎,这样,孩子以后失明了也不致于不适应生活。

　　所以,常来、常往长到六岁时,这天父母就把他们兄弟俩叫去了,告诉他们说,从今往后不能再用眼睛了。父亲分别用布把兄弟俩的眼睛蒙上,母亲则在一旁垂泪说:"孩子啊,不要怪我们心狠,这是命,我们也是实在没办法啊!"

　　一年后,常来、常往眼睛上的蒙布被解开了,在父母的指点下,兄弟俩开始学着做睁眼瞎。由于有一年蒙眼生活作底子,哥哥常来很快就适应了像真瞎子一样地生活,全凭嗅觉、触觉和听觉与这个世界打交道。但弟弟常往不行,他还是照样用眼睛看东西,实际上前一年虽然把眼睛蒙上了,可他常常趁父母不注意时偷偷把蒙布解开,父亲曾经在盛怒之下狠狠打过他,可他就是不改。

　　父亲见对常往硬来解决不了问题,就决定饿他三天,可这招也不灵,常往饿得脸都绿了,却一点也不肯松口。母亲看着心疼,怕把常往饿坏,就盛了一碗红烧肉打底的饭给他吃,哪知常往却连眼睛也不朝它看一下。

　　母亲见常往这个样子,心不由提了起来:“孩子,你咋不吃呢?”

　　常往强打起精神,对母亲说:“娘,你们得答应我一件事,我才吃。”

　　母亲急了:“你说,只要娘能办到,娘一定答应你。”

　　常往说:“娘,这件事就是,你们以后就别再逼我做瞎子了,否则我宁可饿死。”

　　母亲一听,眼泪“哗哗”直流。

　　父亲在旁边长长地叹了口气,说:“孩子,你可得考虑好,这是你一辈子的大事,将来真到眼睛瞎了的那一天,你可别埋怨我们没早让你做准备……我们都是过来人啊!”

　　常往一听父亲这口气,知道爹娘答应了自己,脸上不禁露出了多日来难得的笑容,他猛一头扎进那碗红烧肉饭里,“呼噜呼噜”地吃了起来。

　　看着常往这副狼吞虎咽的样子,父亲、母亲的心里竟像刀割一样疼:儿啊,将来有你哭的时候啊。

　　于是就从这一天开始,常来和常往这一对兄弟便过起了两种截然不同的生活:常往每天背着书包高高兴兴地上学;而常来则在家里过睁眼瞎的日子,眼睛对于他来说,只是一个摆设。

日子一天天过去,若干年后,常往凭着他刻苦勤奋的学习,高中毕业后考上了北京的一所著名大学。但此时他已经十八岁了,视力果真在一年年下降,父母的心也因此更加悬了起来,担心真到了眼睛全瞎的那一天,常往不知会痛苦成什么样儿。

要说常往不把自己的眼睛当回事儿,那是假的,他心里怎么可能不着急呢?所以到北京上了大学之后,他一刻也不敢懈怠,除了正常上课,一有空就到大医院去咨询。可让他失望的是,他跑遍了那些大医院,问遍了眼科专家,却没有一个能解释这到底是怎么回事。不过,让常往还心存希望的是,这些专家对他说的这个遗传现象非常重视,他们决定和时间赛跑,立刻成立项目组进行攻关。

经过两年的研究和探索,就在常往的视力已经快要下降到接近零点时,项目组终于把这个难关给攻克下来了,不仅对常家的这种遗传现象给出了令人信服的科学解释,同时也研制出了有效的针对治疗办法。三个月后,常往的视力开始一点点回升,最后竟彻底得到了恢复。

这个结果是常往无论如何也不敢想象的,欣喜若狂之余,他马上打电话回家,让父母亲赶快陪哥哥来北京治疗。然而三个月过去了,常来的治疗却没有半点起色,专家最后给出的结论是:由于常来这双眼睛十多年来一直不用,视觉功能彻底丧失,恢复已无可能。

父母懊悔得捶胸顿足,抱着常来号啕大哭:"儿啊,都是爹娘害了你啊!"

常来低着头,长叹一声:"爹,娘,我不怪你们,要怪⋯⋯只怪我自己。"

(王中云)

(题图:严克勤)

一百双鞋子

　　海琳刚上初中一年级,长得漂亮,学习成绩也好,她爸爸是一家公司的董事长,全班就数她家最有钱。班里另有一个女孩,叫古芋,长得也很讨人喜欢,学习成绩也很好,但论家庭条件,可是全班最差的。

　　海琳和古芋的座位只相隔一排,最近一连三天,海琳发现古芋的座位都空着,她觉得很奇怪:古芋怎么啦?

　　平时,海琳和古芋在一起玩,因为古芋老穿着一双洗得发白的布鞋,鞋口还破了一条边,海琳于是不知问过她多少遍:"古芋,你就只有这一双鞋?"

　　"一百双!"古芋微笑着回答,"我家里有一百双鞋呢!"

　　海琳听了,立刻惊叫起来:"一百双,这么多?"

古芋昂起头,自豪地说:"是的,一百双,它们摆满了我的鞋架。"

这时,周围的同学便会带着嘲弄的口气对古芋说:"那都是一些很高档的鞋吧?"

"是的,全是高档鞋,各种款式都有。"每每这种时候,古芋的脸上就洋溢着一种很骄傲的神情。

但是古芋这么一说,同学们总会哄笑着散开。为啥?一个每天都穿着一双烂鞋的人,居然说家里有一百双鞋,这话谁信?

但是,当同学们讥笑古芋的时候,古芋总是坦然地走到一旁,默默地等候上课铃声响起。

海琳记得,就在三天前放学的时候,她拉着古芋的手,非让古芋第二天从家里带一双高档鞋到学校来给她看不可;还说,要是古芋不把鞋带来,就是小狗。海琳其实是想要出出古芋的洋相,现在古芋已经三天没来学校上课了,会不会就是因为没法带高档鞋来,她尴尬了?

想到可能就是因为自己这一个恶作剧,竟让古芋无端逃学,海琳心里非常不安。

可谁想第二天,当海琳来到学校,走进教室,挂在黑板上的一幅画让她惊呆了。只见画上全是一双双鞋子,款色新颖,颜色各异,海琳心里一动,数了数,整整一百双!

海琳的心里顿时涌上一股说不出的滋味。

就在这时,老师走进了教室。

看着全班同学惊诧的表情,老师的眼睛有点潮湿,她从口袋里拿出一封信,对大家说:"同学们,这是古芋写给大家的信,古芋的爸爸妈妈都下岗了,为了生活,他们一家即将去远方一个城市打工……"

老师一边说,一边把古芋的信打开,给大家念起来:

亲爱的同学们：

离开你们，我心里很难过，我会想念你们的。

海琳，还有你们大家，都曾经那么想要瞧瞧我说的那一百双鞋子，现在我把它们带来了，这些鞋子五彩缤纷，是我的梦，也是我们未来生活的一部分。

我知道，我们的未来，会比这一百双鞋子的色彩更绚丽，更耀眼。

我会和大家一起，为我们的未来而努力！

我把这些色彩送给你们，作为临别的礼物，希望大家喜欢。

永远会想念你们的 古芊

海琳早已捂着脸失声痛哭，教室里，唏嘘一片……

（王贞虎）

（**题图**：安玉民）

道义的忠告

托尼是大学生物系二年级的学生，父亲很早就生病去世了，他和两个妹妹全靠母亲摆水果摊维持生计。因为家里穷，托尼读书之余必须到处打工挣钱，来解决自己的读书和生活费用。

这年暑假，托尼几经周折，终于在千里之外汉克先生的多利多生物技术公司，找到了一份临时工作。托尼平时学习成绩相当优秀，所以到公司不久，他在生物技术方面的天赋就显露出来了，虽然只是个临时打工的小角色，但他提出的一些建议和设想，令汉克先生十分惊奇和兴奋，而且托尼的勤奋、才华和工作热情，也赢得了大家的赞誉。

眼看暑假就要结束，这天快要下班的时候，汉克先生把托尼请到了自己的办公室，对他说："托尼，我非常欣赏你的才华，也非常看好你的前途。请原谅,我已经对你的情况进行了调查,我知道,你家目前的经济十分拮据,这会给你的前程带来麻烦,因为你至少还要拿出四年的时间来进行深入系统的学习,而不是出来打工。但是年轻人,你的勤奋和热情打动了我,所以,我决定帮助你。而且,你已经看到了,多利多公司是一个团结的集体,我相信,它以后不会埋没你的才华,希望你完成学业之后,能和我们一起共事。"

汉克先生这番语重心长的话,深深打动了托尼的心,托尼知道,好心人的帮助,对自己的一生将有多么重要,他怎么也没有想到,这次暑期打工让自己遇上了好人。

托尼"噗通"一声跪了下来:"汉克先生,我……我……"他哽咽着,不知道说什么才好。他心里明白:四年深造,至少还要十万美元的花费,对于自己这样的家庭来说,根本就是一个天文数字。

托尼的心被深深地震撼了。

汉克先生轻轻地把托尼从地上扶起来,用力按了按他的肩膀,朗声道:"小伙子,别在意,好好努力吧,努力是我们共同的人生。"

霎时,托尼觉得一股暖流涌遍全身,他紧紧握着汉克先生的手,使劲儿朝他点了点头。

从多利多公司回到学校不到三天,托尼果然就收到汉克先生给他寄来的一张一万二千美元的支票,从这以后,每个学期都是如此。

托尼再也不用为自己的学习和生活费用发愁了,他如饥似渴地读书。为了减轻汉克先生的负担,托尼每次都争取拿到学校最高数额的奖学金,四年的学业,他只用三年时间就完成了。这之后,托尼又考取了著名生物学教授考瑞尔先生的研究生,在考瑞尔先生的指导下,他以一篇篇观点新颖、逻辑严密的研究论文,开始在生物工程学界崭露头角。

每取得一个成绩,托尼都要写信告诉汉克先生,而汉克先生每次也都以慈父般的热情鼓励他:"谢谢你,孩子,你的努力让我感到骄傲!"

这一年,托尼要毕业了,由于他的小有名气,一些大公司纷纷来找他签约,以优厚的待遇盛情邀请他去他们公司工作,这其中包括著名的罗燕莎生物工程公司、普罗高科技开发公司和曼通斯顿医药联合公司等,其中普罗公司给托尼开出的价码最高,承诺的年薪达到二十万美元,而且新产品还有股份赠送,这些都是多利多这样的小公司根本无法做到的。

面对如此诱惑,托尼必须做出选择。

关键时刻,汉克先生给托尼写来了一封信。汉克先生在信中说:"亲爱的孩子,你的选择是完全自由的,不需要受任何约束。你应该明白,我对你承诺兑现的资助,由于你缩短了一年学业,最后只不过是三万六千美元,而且事实上,这笔钱已经通过你在公司打工期间为我们提出的一系列建议,我们做了技术改进之后,挣回来了。而且后来的那两个学年,你实际上也已经开始依靠自己努力得来的奖学金在读书了,所以你并不欠我什么,我的孩子!"

汉克先生给了托尼充分选择的自由。

看罢汉克先生的来信,托尼陷入了沉思。是的,这几年来,托尼一直在关注着多利多公司的发展,令他痛苦的是,多利多公司的业务越来越不景气了。托尼认为,多利多公司衰败的原因是由于产品更新太慢,在高科技发展日新月异的今天,没有新产品的不断开发,就意味着竞争的失败。那么,靠自己个人的能力,能够挽救多利多公司吗?以多利多公司目前的条件,能够保证自己进一步开展相关的科学研究吗?汉克先生说多利多公司是一个团结的集体,团结的多利多公司真的不会埋没自己吗?

托尼整整思考了三天,第四天早上,他激动地给汉克先生回了一封信。

托尼在信上这样写道:

亲爱的汉克先生:

　　我相信多利多公司的前途,更信任这个"团结的集体",所以,我决定加入,能够作为其中的一员,我将感到十分荣幸。尽管现在公司有很多困难,但我们有您就已经足够了,您是公司的力量和希望所在。

　　的确,如您所说,我的选择不需要受任何约束,但我永远也忘不了,在我最困难最需要帮助的时候,是您给了我莫大的信任和支持。我相信,美好的东西一定不会失败,就像您和您的公司一样。

　　我正准备作"Pc－5"产品的开发,三个月后我将到达。

　　　　　　　　　　　　　　　您的托尼

信发出去了,托尼就像卸去了沉重的包袱,然后一心一意开始了对"Pc－5"产品的研究。

三天以后,汉克先生给托尼寄来了一封信,托尼打开一看,汉克先生在信上对他说:

亲爱的托尼:

　　你的诚实和讲信用,让一个老人激动。我年轻时的理想,就是要让多利多公司成为世界第一,我将会因为和你在一起,而让这个理想重新变得更加坚定起来。

　　"Pc－5"是我梦寐以求的,干吧,孩子,加入普罗公司,把你的热情和才华全部贡献出来吧,相信你会得到你应该得到的东西。

　　至于我,普罗公司的最大股东——对了,忘了告诉你,我早已将多利多公司的大部分股票换成了普罗公司的股票,多利多现在是普罗公司旗下一个最大的加工企业——我将会因为有你而骄傲。

汉克

　　简直难以形容托尼看了汉克先生这封信之后的惊奇和兴奋,当初在向他发出邀请的那么多公司中,不就是普罗公司开出的价码最具诱惑力吗?现在,不仅可以为汉克先生效力,实现自己心中久远的回报心愿,而且还有那么优越的工作条件和那么丰厚的待遇,托尼心中真是感慨不已,对自己和公司的未来也更加充满了信心。

　　接下来的两年时间里,托尼一头扎进试验室,天天早出晚归,就是星期天也从不休息。终于,在托尼和他同事们卓越工作的推动下,一流的普罗公司试验室里传出了喜讯,"Pc-5"研制成功了,并且在市场推广中赢得了巨大效益。新产品为公司带来滚滚利润,托尼也因此成了富翁。

　　但是令托尼十分不解的是,两年来,作为普罗公司的最大股东,汉克先生却一直没有在公司露过面,即使在公司董事会对"Pc-5"科研组进行奖励的大会上,汉克先生也没有出现。托尼感到十分奇怪,一打听,才知道普罗公司是普罗家族的企业,职员和散户持股仅占全部股份的百分之三十四,而且还相当分散。

　　天哪,根本就没有汉克先生的股份!多利多加工企业一说,更是无从谈起。

　　这到底是怎么回事?难道是当年汉克先生不愿耽误托尼前程,故意对他那么说的?

　　托尼急忙驾车前往威林斯小城,那是他六年前暑假打工时多利多公司的所在地。可到那里一看,眼前的景象让他惊呆了:公司大门锈迹斑斑,里面的厂房看上去破败不堪,显然,公司已经关门好久了。

心乱如麻的托尼费尽周折,终于在当地找到一位公司以前的老职员,托尼着急地问他:"老先生,请告诉我,多利多公司究竟怎么啦?"

那老职员叹了口气,说:"唉,汉克先生卷入了一场商业骗局,公司三年前就倒闭了。"

"那,汉克先生呢? 汉克先生现在去了哪儿?"

"他呀,"老职员摇摇头,"老人三个月前已经死了。"

"死了?"托尼顿时愣住了,脑子里一片空白。

一个小时以后,托尼来到了汉克先生的墓地,他看到墓志铭上,写着老人最后给这个世界的忠告:要讲道义,但不要生活在道义的阴影里。

(徐孝钧　改编)

(**题图**:箭　中)

哭泣的小提琴

　　施特曼是一个优秀的小提琴手，曾经以一曲《孩子爱春天》享誉全国。但功成名就之后，他就开始飘飘然起来，成天和一帮狐朋狗友混在一起，喝酒赌博吸毒，最后把家产给折腾了个精光。

　　后来，朋友们看他身上没什么油水了，就都不再理他。直到这时候，施特曼才清醒过来，可是已经来不及了，妻子伊莉莎带着年幼的女儿坚决离开了他。施特曼想想这样活着还有什么意思，于是在一家小酒馆里把自己灌了个烂醉，然后就想去跳海。

　　可是走到海边，一只有力的大手从后面抓住了他，施特曼回头一看，是个陌生的老头。

　　施特曼气得狂跳起来："你为什么拦我？"

老头说:"你是施特曼吧? 我在小酒馆里就认出你了。见死不救三分罪啊,我可不愿带着罪孽去见上帝。"

老头告诉施特曼,他自己年轻时是个小提琴迷,由于缺乏艺术天赋,最后只好放弃学琴,但因此对优秀的小提琴手一直怀有深深的敬意。"你能拉得一手好琴,这是多么美妙的事情,为什么要寻死呢?"老头似乎对施特曼的举动非常不解。

施特曼心里一震,想起以往的荣耀,感觉就像做梦一样。他什么话也说不出来,只是拼命揪着自己的头发哭泣:"天哪,我现在什么都没有了,你让我去死吧!"

老头拉着施特曼在海滩上坐下来,好心开导他说:"小伙子,别灰心,你还年轻啊! 也许你失去了很多,可你拉过的琴应该还在吧? 只要振作起来,你完全可以东山再起。"

"东山再起?"施特曼不敢相信自己,那把伴随着他走向成功的小提琴,早已被他扔在了屋角落里。

可是老头却扳着施特曼的肩膀说:"你相信我,我的直觉不会错。"

被老头这么一鼓动,施特曼决定试试。他回到空落落的家,找出那把自己再熟悉不过的小提琴,擦掉上面厚厚的灰尘,就试着拉了起来。毕竟当时施特曼的学琴基础打得扎实,所以尽管刚开始他觉得自己拉出来的琴声怎么比拉锯还难听,可很快感觉就找回来了。

施特曼决定先到街上拉琴去,卖艺赚钱,把肚子填饱是第一步。

施特曼原以为凭借自己的实力,到街头卖艺混口饭吃应该问题不大,可谁知那些路人大多行走匆匆,很少有停下来欣赏他琴声的,就是偶尔有,也丢不下几个钱,所以他的日子过得很艰难。幸亏那个海滩老头常来看他,有时候还给他带来新捕获的鱼虾,帮他解了不少窘境。

这天傍晚,施特曼在街头拉完琴后正准备回家,有个陌生人走过来,说是附近一家琴行的,愿意出十万美元收购他手里的小提琴。施特曼很惊讶,因为这把小提琴是他和伊莉莎结婚时,伊莉莎一个很尊敬的老师送的,自己拉了这么多年琴,居然不知道这把琴能值这么高的价。

施特曼不禁犹豫起来,对他说:"让我想想,好好想想。"

陌生人说:"好吧,你想想,还是这个地方,我明天来听你回话。"

整整一个晚上,施特曼都没有合眼,十万美元,对眼下穷困潦倒的他来说,实在太诱人了。可问题是,施特曼只要一闭上眼睛,伊莉莎就会笑容满面地向他走来,施特曼下不了卖琴的决心。

第二天,施特曼犹疑着来到老地方一看,那个陌生人已经迫不及待地等在那儿了。陌生人从口袋里掏出一张已经准备好了的支票,递给施特曼,施特曼接过来一看,哇,支票上的数字竟然变成了十五万。

一夜之间居然就增加了五万?是不是再过一夜,又会变成二十万了啊?

陌生人像是把施特曼里里外外看透了似的,笑着耸耸肩,说:"你这把琴卖到十万美元,这在我们琴行是绝无仅有的,之所以再加五万,是考虑到你曾经拥有的辉煌,可以提升这把琴的价值。但是,如果你再多要一分钱,那我们只能免谈。"

施特曼一听陌生人这话,心里不禁翻江倒海起来:自己到底能不能像那个海滩老头说的东山再起,把曾经的辉煌继续下去呢?如果不能,还不如现在就把琴卖了的好,自己下半辈子就是什么都不干,生活也不用愁了。

可真就这么把琴卖出去,施特曼心里总觉得有些空落落,但他想来想去,还是顶不住十五万美元这个巨大的诱惑,于是就对陌生人说:"这样吧,我再最后拉一首曲子,拉我的成名作《孩子爱春天》。拉完了,我就把琴给你,能给这把琴落个好去处,我也就不枉对我的伊莉莎和她尊敬的老师了,总比让它现在跟着我穷困潦倒要好吧。"

说完,施特曼就摆开了拉琴的架势,不一会儿,一首熟悉的《孩子爱春天》的旋律,就通过施特曼灵动的手指,在街头飘扬开来,这一刹那,施特曼仿佛回到了当年。

这时候,突然从不远处跑来一个小女孩,踮起脚,吻了吻施特曼的脸,说:"叔叔,你拉得太好听了,简直像天使在唱歌。等我长大了,你能教我拉琴吗?"

望着小女孩清澈明亮的眼睛,施特曼羞愧得低下了头,飞扬的琴声戛然而止。

施特曼轻轻抚着小女孩的头,自言自语道:"叔叔……叔叔不配,不配啊!"

施特曼说不下去了,狠狠抽了自己一嘴巴,他在心里问自己:难道我真的完了? 真的就这么完了? 不,我既然还能拉出孩子喜欢的声音,我为什么要放弃?

施特曼抬起头来,发现那个琴行的陌生人正看着自己,他发疯似的朝他狂吼起来:"你滚,给我滚! 我再也不想看到你了!"

这是一次真正的脱胎换骨,就是从这一刻开始,施特曼把街头卖艺当作了事业来做,不管有没有人施舍,他都认真对待,立足于提高自己的演艺水平。

海滩老头知道这一切后,连连夸施特曼有志气,后来,他索性搬过来和施特曼一起住,说是互相有个照顾。这一来,施特曼就更加全身心地投入街头演艺事业,他的演奏水平飞速提高。

半年之后,有一天,海滩老头不知从什么地方为施特曼请来一个小提琴演奏高手。高手点了好几首曲子,让施特曼拉给他听,当施特曼最后一曲终了时,那高手激动不已,认为施特曼的演奏在乐句安排、音色变化和节奏控制等诸多方面都处理得无懈可击,如果再次登台,一定会征服评委和观众。

高手推荐施特曼去参加一个月以后在维也纳金色大厅举行的世界小提琴演奏大赛。这可是施特曼梦寐以求了多少年的事啊,如果不是沉沦已久,也许那儿早已留下了他的名字。

施特曼的心几乎要跳到嗓子眼,他激动地对高手说:"谢谢您的鼓励!我要去的,一定要去试试。"

但是送走高手冷静下来之后,施特曼才意识到一个问题:参赛是要缴纳报名费的,像这样世界级高手如林的大赛,昂贵的报名费从哪儿来?

没想施特曼正发愁的时候,海滩老头却笑眯眯地对他说:"小伙子,别愁,报名费大叔给你想办法。"

当晚,海滩老头兴致勃勃地做了一桌好菜,还开了一瓶酒。

在举杯庆贺施特曼重振当年雄风的时候,海滩老头朝施特曼眨眨眼睛,说:"小伙子,你看,有人要来给你送报名费呢!"

施特曼回头一看,愣住了,房门不知什么时候被悄悄推开了,门口站着伊莉莎和他心爱的女儿。

"爸爸——"女儿欢叫着扑进施特曼的怀里,伊莉莎则泪流满面。

海滩老头耸耸肩,朝施特曼扮了个怪相:"傻瓜,伊莉莎一直在注视着你。"

施特曼大惑不解:"这一切都是真的?"

伊莉莎点点头,她告诉施特曼说,其实这个海滩老头就是她那位极为尊敬的老师,叫沃尔伯格。沃尔伯格非常酷爱小提琴演奏,可是在一次与歹徒的搏斗中,他左手食指和中指都被砍断,从此再也不能拉琴,所以,当沃尔伯格知道伊莉莎要嫁的就是施特曼之后,就把自己心爱的琴转送给了施特曼,他深信施特曼会取得让世人瞩目的成绩。可是没想到,施特曼竟然这么不争气,沃尔伯格恨铁不成钢,便悄悄和伊莉莎商量,设计了后来这一连串的办法,逼迫施特曼再次奋起。他相信,艰苦的磨砺会让施特曼最终醒悟。

知道了这一切,施特曼感动得不知说什么好。

沃尔伯格对施特曼说:"小伙子,我一个老头儿,所能做的也只有这些了。可你不知道,为了暗中帮你,筹足你去参赛的费用,伊莉莎一直在别人家里辛辛苦苦做女佣,什么苦活脏活都干过……"

沃尔伯格说到这里,抓起伊莉莎的手,给施特曼看。

这是女人的手么? 骨节粗大,又糙又硬,手心里的老茧比树皮还坚韧,一道道新旧血痕,触目惊心。施特曼看得泪眼模糊,他什么话都说不出来,张开双臂,把妻子、女儿和沃尔伯格老师一起拥进怀里……

(陈　默)

(**题图**:佐　夫)

亿万富翁的选择

  亿万富翁的儿子克里带着女友马丽去夏威夷度假，谁知他们刚到夏威夷，克里就接到家里电话，说父亲旧病复发，恐怕不久于人世，要他马上赶回去继承遗产。没办法，克里只好回去。

  克里这次带马丽出来度假，是瞒着他父亲的，因为克里已经在父亲的坚持下，被迫与一个叫艾琳娜的姑娘订了婚。但克里不喜欢艾琳娜，他觉得父亲看中的人，对方看中的一定是他们的家产。

  而克里和马丽在一次聚会上相遇时，克里故意把自己说成是一个火车司机的儿子，马丽却对他一见倾心。更让克里感动的是，后来当马丽知道克里的真正身份后很不开心，甚至还对克里说："如果早知道你这样，我就不会跟你交往，我讨厌富人。"

　　多年来,克里一直希望自己能得到一份纯真的爱情,马丽让他如了愿。

　　话说克里赶回家时,看到老克里正躺在床上,守在床前的就是那个艾琳娜。

　　老克里见克里回来了,赶紧吩咐叫来律师,向克里公布他的遗嘱内容:作为老克里财产唯一的继承人,克里有权继承父亲的亿万资产。但克里必须满足老克里提出的两个条件。一是,克里要在十天之内找到一份工作,至少挣回一千美元;二是,克里要在老克里指定的小街上,用一周时间找回家里保险箱的钥匙。

　　按照遗嘱上的要求,克里第二天就得去找工作,因为老克里不许克里在自己的公司打工,也不能公开身份,所以一时三刻要马上找到一份轻松又赚钱的活,还真不容易。

　　一晃过去了三天,克里还在街上团团转,眼看就只剩下七天时间了,没办法,克里只好去饭店洗碗刷盘子,还兼做家庭清洁工,这可是克里以前想也没有想到过的活,每天近十个小时的工作,真让这个公子哥儿吃不消。不过,克里是个不服输的人,他硬是咬牙坚持着,一个星期后,他终于挣到了一千美元,当然,也体验到了下层社会的辛劳和艰苦。

　　挣这一千美元虽然不容易,但克里后来才知道,比起要在老克里指定的小街上找回家里保险箱的钥匙,实在是小巫见大巫了。

　　老克里给克里指定的这条小街,住的都是贫民,到处破败不堪,克里以前很少到这种地方来,来了也很不习惯。但他现在不得不来,只好皱着眉头,不断问街上的人:"我是克里先生的儿子,你们知道我父亲保险箱的钥匙放在哪里吗?"

　　可那条街上的人态度都非常冷漠,有的说声"不知道"就匆匆走过,有的干脆只是摇头,还有的甚至装聋作哑不理他。

　　三天下来,克里一无所获。

这时,艾琳娜来了,微笑着对克里说可以帮助他,可是克里拒绝了。

艾琳娜并不生气,依然微微笑着,对克里说:"拒绝我很容易,但你这样能找到钥匙吗?为什么不相信我能帮助你?试试也不行吗?"

克里想想自己的确拿不出什么好办法来,既然艾琳娜这么说,那就让她试试。

只见艾琳娜满脸带笑地在街上走着,尽管问的是同样的问题,可她碰到每一个人的时候都很有礼貌地上前,那些被问的人虽然不能给她满意的答案,但回答时态度都非常认真。一天下来,虽然还是一无所获,可艾琳娜却依然信心十足,对第二天充满了希望。

第二天,艾琳娜拉着克里一起上街,每看到一个过路人,她都会上去耐心询问。

走过一家水果铺门口的时候,艾琳娜推推克里说:"快看,咱们去帮一把吧!"原来那家水果铺的铺主是个老妇人,此刻正好一批货到,她在费劲地搬着,艾琳娜赶紧拉着克里上去帮忙。

把水果搬进铺里之后,临走时,艾琳娜习惯地问了句:"尊敬的太太,您能告诉我克里先生家保险箱的钥匙在哪儿吗?"

老妇人耳朵有点背,没听清艾琳娜说什么,艾琳娜于是就附在她耳边又重复了一遍。

谁知老妇人竟点点头,手朝东边指了指,说:"到那里等着老山姆,他能告诉你们。"

艾琳娜和克里一听,真是喜出望外,连忙按照妇人的指引,到那边街头去等着。

没一会儿,就见一个乞丐走过来,身上浓浓的汗臭味,不由让克里捏了捏鼻子,可艾琳娜却认真地掏出一张钞票,递到那乞丐手里。

　　乞丐愣了愣,赶紧道谢,走了两步,又站住了,回过头来问道:"小姐,先生,请问有什么需要帮忙的吗?"

　　艾琳娜说:"我们在这里等山姆先生,您认识他吗?"

　　乞丐说:"山姆? 就是那个老山姆? 你们等着。"说完,回头就急匆匆地走了。

　　不一会儿,那乞丐把一个年纪很大的老乞丐带到克里和艾琳娜面前,高兴地说:"这就是老山姆,我把他给你们找来了。"

　　艾琳娜赶紧向他们鞠躬道谢,然后又递给山姆大叔一张钞票,说:"尊敬的老山姆先生,请问,您是否知道克里先生家保险箱的钥匙放在哪儿?"

　　老山姆点点头,说:"我年纪大了,记性不好,不知道还能不能想起来,我得好好想想,你们明天再来吧。"

　　既然老山姆说要好好想想,那就有希望,于是第二天,克里和艾琳娜又兴冲冲去那地方等着。谁知老半天过去了,还不见老山姆的人影,克里猜测肯定昨天老山姆是在搪塞他们,可艾琳娜坚持要克里再耐心等等。

　　一直等到下午五点,老山姆才过来,对他们说:"我想起来了,金匠鲍勃好像知道这件事。"

　　克里怀疑老山姆是在胡说,可艾琳娜却劝克里:"老山姆年纪大了,咱们就别去跟他计较什么,既然他提到了金匠,咱们为什么不去找找?"

　　艾琳娜硬是拉着克里,按照老山姆的指引来到鲍勃家。

　　鲍勃听他们把来意说了后,指指旁边一张破凳子,示意他们坐下,然后便自顾忙着手里的活计,再不和他们说一句话。眼看不知不觉间天黑了下来,艾琳娜和克里又累又饿,却不敢离开半步。

　　几个小时过去了,鲍勃的两只手终于停了下来。让克里和艾琳娜怎么也想不到的是,这时候,鲍勃把他刚才一直在忙着制成的一把金钥匙递到克里手里,说:"这就是你们要的东西。"

克里和艾琳娜惊得目瞪口呆。

两个人赶回家里,克里将金钥匙交到老克里手上。老克里问克里:"你除了挣到一千美元,找到这把钥匙,还有什么收获吗?"

此时,克里心里真是千言万语,他想了想,回答老克里说:"爸爸,我还明白了一个道理:人有很多种活法,只要认认真真,都能活得很好。"

老克里满意地点点头,随后吩咐叫来律师,用克里带回的金钥匙打开一个精致的小盒子,要知道,这个小盒子里放的才是真正的保险箱钥匙。

可是克里没有想到,老克里在保险箱里留给他的,不是现钞或支票,而是一张字条和一份协议。

字条上写的是:如果你想做继承者,就撕掉这份协议;如果你想做创业者,就签下这份协议。再看这份协议,竟是一份捐赠书,上面写着:老克里和克里共同决定,把全部资产捐献给慈善机构。

老克里已经在上面签了字,很显然,他在等待儿子的决定。

律师对克里说:"您父亲给了您三天的时间作出选择,请您仔细考虑后再做决定。如果在这份协议上签了字,那就意味着,您失去的将是亿万家产。"

克里拿着这份协议,把自己关进了屋里。

两天后,克里走出房间,把协议送回到了老克里手中。老克里一看,克里已经在上面签上了自己的名字,他激动得连连点头,拉着克里的手,满脸都是自豪。

克里心里也放下了重担,他马上给马丽打电话,把自己的决定告诉她,他相信马丽一定会为他做出这样的决定而高兴。

可谁知马丽一听克里说他已经捐出了全部家产,立即破口大骂,骂克里是傻蛋,是混蛋,是倒霉蛋。挂断电话前,她又加骂了一句:"见你的鬼去吧,傻子才会嫁给你这个穷光蛋!"

放下电话,克里好半天才想明白,马丽看中的也是他的亿万资产,说不定连和自己的相遇,都是她预先设计的圈套。

克里于是又赶紧把艾琳娜约出来,向她通告自己的决定,问她:"我已经没有了亿万家产,我们什么时候解除婚约?"

可艾琳娜的反应却完全出乎克里的意料,她非常平静地看着克里,说:"不,亲爱的,我正考虑和你结婚哩!"

克里听了大吃一惊。

艾琳娜认真地说:"知道吗?你父亲做出捐赠决定前,曾经征询过我的意见,我非常支持他,我希望你能靠奋斗来证明自己。我爱你,希望你能成功,哪怕你最终只是一个小老板,我也会为你自豪。我知道你现在不喜欢我,但我希望从今天开始,我们能够慢慢相爱,你同意吗?"

听着艾琳娜这番话,克里心里真是翻江倒海,他禁不住伸出双手将艾琳娜拥入怀里,喃喃道:"亲爱的,我很庆幸,我抛弃了亿万资产,却得到了你……"

(黄守东)

(题图:佐 夫)